D0996716

Tranen van glas

Reina ten Bruggenkate

Tranen van glas

Fontein

STICHTING NEDERLANDSE
KINDERJURY
2003

Omslagtekening: Roelof van der Schans
Illustraties: Roelof van der Schans
Omslagontwerp: Mark van Wageningen
Zetwerk: Scriptura, Westbroek

ISBN 90 261 1815 5
NUR 283

Dit is Lola

Samen zitten ze op de rand van de zandbak, Lola en Pamela, schouder aan schouder, als een Siamese tweeling. Hun schooltassen leunen vertrouwelijk tegen elkaar.

'Verliefd? Ik? Op Tony? Pam, doe normaal, joh!' Lola geeft haar vriendin een plagerige stoot met haar elleboog.

Dat gefluister, dat zachte gekriebel in je oor en dan samen lachen om dezelfde dingen. Je wéét al bijna wat de ander gaat zeggen. Dat is nou het leuke van vriendschap, beseft Lola ineens. Samen één.

Bijna automatisch laat ze haar vingers door haar plukkerige haar glijden. Tegelijkertijd kijkt ze steels naar Tony.

Daar staat hij, midden op het schoolplein. Zoals gewoonlijk heeft hij het hoogste woord. Zijn vrienden verdringen zich om hem heen. Natuurlijk heeft hij weer iets nieuws. Een mobiele telefoon.

'Hij kéék,' zegt Pamela. Ze duikt weg achter Lola's rug. 'Zag je dat?'

'Natuurlijk keek hij,' zegt Lola. 'Iederéén kijkt als jij zo zit te smoezen. Jij fluistert zo hard dat ze het aan de andere kant van de stad kunnen horen.'

Pamela giechelt. Met haar hand klopt ze zachtjes op Lola's rug.

'Kom op, hé. Ik ben je beste vriendin. Mij kun je het wel zeggen! Ik zal het aan niemand doorvertellen. Je vindt hem leuk, hè?'

Er klinkt een vrolijk deuntje over het plein. Het komt van Tony's mobieltje. Een van de andere jongens grijpt ernaar als een kat naar zijn speeltje. Maar Tony is nog niet klaar met zijn demonstratie.

'Wacht!' zegt hij zo hard dat de meisjes het ook kunnen horen. 'Je kunt uit wel tien verschillende beltonen kiezen. Luister!'

Nu klinkt er een indringend riedeltje.

Lola schudt lachend haar hoofd. 'Tony denkt dat hij de leukste jongen van de klas is.'

'Is-ie ook!' zegt Pamela met haar blik op de jongens gericht. 'Alle meisjes in de klas vallen op 'm.'

Lola springt op en geeft haar vriendin een verwijtende veeg tegen haar hoofd. 'Dus dat is het! Je bent zélf op Tony.'

'Mooi niet.' Pamela schudt heftig haar hoofd. 'Ik ken Tony al vanaf de kleuterschool. Nee hoor, hij is op jóú. Moet je zien hoe 'ie naar je kijkt.'

Lola haalt haar schouders op. 'Misschien kijkt hij wel scheel,' zegt ze.

De schoolbel is al gegaan. Als Tony langs de meester het lokaal inloopt, houdt hij het rinkelende telefoontje vlakbij diens oor.

'Ja ja, handig hoor, Tony,' zegt de meester. 'Waarom heb je zo'n ding? Zodat je moeder je kan opbellen als je je brood hebt vergeten?'

'Voor de zaken van m'n vader,' antwoordt Tony. 'Als ik

iets voor hem moet regelen.' Het telefoontje glijdt in zijn broekzak. 'Of als een van de *chicks* me nodig heeft.' Hij kijkt achterom of de meisjes het wel hebben gehoord.

'Pfff,' doet Lola minachtend. 'Hoor hém.'

Eigenlijk moet ze er wel om lachen. Tony vindt het leuk om Engels te praten. Het klinkt ook best stoer. Meisjes noemt hij steevast *chicks*. Kippetjes betekent dat. Nou, als ze ergens níét mee vergeleken wil worden, dan is dat wel een kip. Maar goed, uit Tony's mond klinkt het niet echt beroerd.

Lola glimlacht als hij naar zijn plaats loopt. Nou, als zij de kippetjes zijn, dan is Tony de haan. Dat klopt wél. Kijk eens hoe hij door de klas paradeert, als een trotse kukelhaan. Alleen de hanenkam op zijn hoofd ontbreekt.

Volgens Pamela heeft Tony's vader een groot garagebedrijf. Zijn vingers staan stijf van de gouden ringen. Tony lijkt sprekend op hem, zei ze. Met zijn zwarte haar en brutale grijns lijkt Tony zo uit een Italiaanse film te zijn weggelopen. Maar leuk is hij wel.

Nog maar net zijn ze met de taalles begonnen als Ruud en Snoep binnenkomen. Ze hebben rode hoofden van het harde fietsen.

'Zo jongens,' zegt de meester als ze luidruchtig de klas zijn binnengevallen. 'Kom maar op met de smoes. Wat was het dit keer? Lekke band? Zielige hond aangereden?'

De meester wrijft nadenkend langs zijn kin. 'Even denken... wat hebben we nog meer voor smoezen? Oud vrouwtje van de straat geschraapt? Brand in je schooltas?'

De meester onderdrukt een glimlach. 'O nee, dat verhaal hebben we vorige week al gehad.'

Lola moet al lachen als ze Ruuds uitgestreken gezicht ziet. Zo samen zijn ze het beste. Die twee, Ruud en Snoep, zijn voor elkaar gemaakt. Altijd samen, dezelfde humor. Echte maatjes zijn het.

7

'O, nee, het was iets heel anders, meester,' zegt Ruud.
'Snoep had per ongeluk zijn schoen in de sloot geschopt.'
Zijn gezicht staat doodernstig. 'Laat eens zien, Snoep.'

Als overtuigend bewijs steekt Snoep zijn rechtervoet omhoog. Kletsnat is die.

'M'n schoen sopt aan alle kanten.' Demonstratief begint Snoep zijn veters los te peuteren.

'Weet u hoe het kwam?' Ruud gaat er uitgebreid voor staan.

'We hadden het onderweg over gehandicapten. U weet wel, over het project van vorige week. Toen vroeg ik: "Wat lijkt jou erger? Een arm of een been missen?" Toen zei Snoep dat fietsen met één been misschien toch wel kon, dus hij...'

'Weet je wat?' onderbreekt de meester hem. 'Ik wíl het niet eens weten. Jullie smoezen zijn altijd zó fantastisch, dat ze nog waar kunnen zijn ook. Jullie kennende...'

Ze moeten maar gewoon gaan zitten, vindt de meester.

Als Ruud langs Lola loopt, geeft hij haar een vette knipoog.

Lola bijt op haar lip om niet te lachen. Ze wist het wel!

Een warm gevoel van tevredenheid golft door haar lichaam. Die twee, Ruud en Snoep, zijn háár vrienden.

'Jullie zijn net twee pannenkoeken op een stapel,' zei ze laatst. 'Jullie plakken altijd aan elkaar.'

En wat zei Ruud toen ook alweer? O ja. 'Als wij twee pannenkoeken waren, dan was jij de stroop ertussen.'

Echt iets voor Ruud om zoiets te bedenken.

De natte sok van Snoep ligt nu als een dode muis op de grond. Meester Jan schuift hem met een achteloos gebaar met zijn voet onder de verwarming. Met het taalboek in zijn hand loopt hij al pratend door de klas. Af en toe schrijft hij een moeilijk woord op het bord.

Makkie, denkt Lola. Taal is geen probleem. Rekenen

wel. Daar snapt ze geen hout van. Ze volgt de meester met haar ogen.

Dat is het, beseft ze ineens. Het is iets in zijn blik. Er zit iets goedkeurends in. Als hij met die grijze ogen naar je kijkt, dan zíét hij je ook echt.

Deze man is gewoon oké.

Ze kijkt nog een keer oplettend naar meester Jan. Naar de glimlach die voortdurend om zijn mondhoeken speelt.

Grappig, denkt ze, dat pluizige haar dat alle kanten op staat, behalve de goede. Ze staart naar zijn rustige handen waarmee hij het krijtje vasthoudt. Eigenlijk luistert ze nauwelijks naar wat hij zegt. Alleen de zachte ondertoon in zijn stem hoort ze.

Lola is gewend te kijken naar dingen die anderen niet zien en te luisteren naar wat niet wordt gezegd. Voor het eerst in haar leven heeft ze het gevoel dat een volwassene geen vijand is.

Ongelooflijk, wat een verschil met de meester op de vorige school. Die schreeuwde en tierde alleen maar. Hij behandelde de kinderen in de klas als monsters die hem het leven zuur maakten.

En zij, Lola, was de ergste van allemaal, vond hij.

Oké, daarin had hij wel een beetje gelijk. Lola verafschuwde hem. En dat liet ze blijken ook.

Ze kon het gewoon niet laten. Als hij zo kwaad was, deed ze hem na, zijn korte pasjes en zijn nijdige gebaren. Succes verzekerd! De hele klas lag dan dubbel van het lachen.

Ze gaf het allemaal eerlijk toe. Ze had inderdaad zijn stoel vol met lijm gesmeerd. En op een dag, toen ze zijn lunchpakket had gevonden, had ze verf tussen zijn brood gestopt. Maar om haar dáárvoor nou van school te sturen...

'Je moet maar eens naar een andere school,' had het hoofd van de school gezegd. 'Misschien kunnen ze je daar temmen.'

9

'Mij best,' had Lola geantwoord.

Het interesseerde haar geen zier. Ook niet dat ze dan op de nieuwe school groep 8 weer opnieuw moest doen.

En kijk nu eens. Deze school is een cadeautje! Het is het beste wat me is overkomen, denkt Lola. Zeker weten.

Stomverbaasd was ze toen ze Ruud en Snoep bij haar nieuwe school zag staan.

Ruud kon zijn ogen ook niet geloven.

'Lola! Jij hier?!' zei hij. 'Hoe kan dat nou? Da's pas gaaf!' Het kan zijn dat ze zich vergiste, maar ze dacht dat hij even een rood hoofd kreeg.

In het kort vertelde ze dat ze van school was gestuurd. 'Maar zeg maar niet tegen de andere kinderen waar wíj elkaar van kennen,' liet ze erop volgen.

Ruud begreep het meteen. En Snoep zei simpelweg: 'Okiedokie.'

Eenmaal op de gang pakte Ruud haar hand vast en kneep er zacht in. Als een trofee bracht hij haar de klas binnen. Toen ze voor het schoolbord stonden, zei hij: 'Dit is Lola.' Hij zei het op zo'n toon, zó trots, zo triomfantelijk bijna, dat ze het gevoel had dat hij op applaus rekende.

Natuurlijk klapte er niemand. Stuk voor stuk staarden de kinderen in de klas haar nieuwsgierig aan. Ze vonden haar een beetje vreemd. Lola kon het aan hun ogen zien. Maar dat was ze wel gewend.

'En jij, Lola?'

Lola schrikt van de stem van de meester.

'Lola, heb jij wel eens gedacht aan de toekomst? Heb jij dromen voor later?'

Ze beseft dat ze een tijdlang niet heeft zitten luisteren.

'Dromen?' herhaalt ze wazig. Ze waren toch met taal bezig?

10

'Ja.' De meester knikt haar bemoedigend toe. 'Ja, je weet wel. Dromen, idealen... Straks gaan jullie naar de middelbare school. Daar gaan jullie je voorbereidcn op later. Sommige kinderen hebben al een idee wat ze later willen worden. Politieagente, onderwijzer, verpleegster of brandweerman.'

'Ik weet het al, hoor. Ik ga bij de televisie,' antwoordt Tony achter in de klas voor zijn beurt. 'Tony's televisie-station, *the best of the nation*! Let maar op, jongens. Hartstikke rijk word ik.'

'Ha! Met aan iedere arm vijf meiden,' reageert Stefan, die naast hem zit. Hij trekt een patserig gezicht en knipt met zijn vingers, precies zoals Tony dat altijd doet. 'Tony Bernards en zijn wijven.'

Aan zijn gezicht te zien beschouwt Tony dat als een compliment. Baldadig geeft hij zijn vriend Stefan een dreun op zijn arm. 'En dan mag jij elke dag mijn kleedkamer schoonmaken, *looser*.'

Pamela zit inmiddels helemaal achterstevoren gedraaid.

'Tony,' schreeuwt ze opgewonden door het geroezemoes heen. 'Tony, mag ik dan je programma's aankondigen?'

Tony gaat staan. Hij maakt een wijds gebaar met zijn handen. 'Mij best,' zegt hij. 'Jullie krijgen allemaal een baantje bij mijn televisiestation.'

'Dat is dan afgesproken,' zegt de meester lachend.

Zijn ogen keren terug naar Lola. 'Maar ik heb nog niet gehoord waar Lola van droomt.'

Lola denkt na. 'Dierenarts lijkt me wel leuk, of...'

Ruud is haar voor. 'Toneelspeelster,' vult hij voor haar in. 'Lola kan hartstikke goed toneelspelen, hè, Snoep?'

Zijn vriend knikt zo hard ja dat het dropje bijna uit zijn mond rolt. Hij steekt zijn duim omhoog.

Lola krijgt er een kleur van. Ze voelt zich zó thuis in deze groep. Het lijkt wel of ze al haar hele leven bij deze kinderen in de klas zit.

11

Achter in de klas zwaait Tony met een schrift. 'Oké, pop,' zegt hij als het even stil is. Met zijn pen tikt hij op het schrift. 'Straks zullen we je contract voor de televisie ondertekenen.'

'Pop' noemt hij haar. Lola vindt het niet eens erg. Tony dóét wel heel stoer, maar zo *cool* is hij niet. Als zij naar hém kijkt, slaat hij meteen zijn ogen neer. Maar leuk is hij wel.

Pamela stoot haar aan. 'Zie je wel?' sist ze.

De meester moet er ook om lachen. 'Zo te horen hebben we straks allemaal beroemdheden uit míjn klas op de televisie. Jongens, tegen die tijd ben ík al een oude man.'

'Dan pas?' zegt Tony. 'U bent nu al oud.'

Lola's ogen schieten van Tony terug naar de meester. Zo'n grapje vindt de meester vast niet leuk.

Maar meester Jan haalt zijn schouders op. 'Dat lijkt maar zo,' zegt hij. 'Al die zorgenrimpels hebben jullie mij bezorgd. Als jullie van school zijn, na de grote vakantie, zie ik er weer uit als een jonge god.'

'Hoe oud bent u eigenlijk, meester?' vraagt Stefan.

'Jonger dan je denkt,' zegt hij. Even zwijgt hij. 'Maar ouder dan ik zou willen.'

'Dertig of zo?' wil Christa weten.

'Hallo hé,' schreeuwt Tony. 'Véél ouder.'

De meester grinnikt en schudt zijn hoofd. 'We hebben het nu niet over mij, maar over jullie.'

Lola kijkt opzij naar Pamela die enthousiast zit te praten. Dierenarts worden lijkt haar ook wel wat, zegt ze nu. Ze is gek op honden en katten. Haar schriften zitten volgeplakt met plaatjes van pluizige poezen.

Dat is ook weer zo'n leuk toeval, vindt Lola. Zijzelf is óók gek op dieren. Haar eigen zwerfkat Rebèl die altijd bij haar op bed slaapt, is haar liefste bezit. Haar enige bezit, om precies te zijn.

Grappig is dat. Ze lijken geen spat op elkaar, Pamela Bartels en zij. En toch kunnen ze zo goed met elkaar opschieten.

Pam is blond en vrij stevig. Eigenlijk lijkt ze een beetje op een jong hondje, vindt Lola. Een mollige puppy met van die onschuldige ogen. Ze beweegt zich zelfs een beetje onhandig. Maar dat is juist wel grappig.

Zijzelf is donker en slank. 'Zo mager als een geraamte,' zei haar moeder. Maar ja, die overdreef zoals altijd.

Toch is het soms net of ze steeds iets van zichzelf in Pamela herkent. Het is voor het eerst dat ze een echte vriendin heeft. Het is een heel fijn gevoel.

Zou ze Pamela eens meenemen naar huis? Tot nu toe heeft ze nog nooit iemand laten zien waar ze woont. Alle kinderen wonen natuurlijk in normale gezinnen. Behalve zij.

Ze stoot haar vriendin aan.

'Psst, Pam. Zullen we afspreken, vanmiddag?' vraagt ze.

Pamela draait haar bovenlichaam naar haar toe. 'Naar jouw huis? Ja leuk joh, natuurlijk,' antwoordt ze spontaan.

Op slag heeft Lola spijt van haar plotselinge ingeving.

Pamela weet nog van niks. Misschien vindt ze het wel heel raar dat ze in een tehuis woont.

Welk kind woont nou niet bij z'n ouders?

Lola's geheim

Dat mobieltje van Tony is eigenlijk best handig. Pamela hoeft haar nummer van thuis alleen maar te noemen. Alsof hij de hele dag niets anders doet, toetst Tony het telefoonnummer in.

Ruud en Snoep staan er ook bij. De jongens doen of ze elkaar bellen. Ze hebben allebei hun schooletui gepakt en houden die aan hun oor. Het is een komisch gezicht, vindt Lola. Vooral omdat ze het gesprek voeren met een heleboel gebaren, maar zonder geluid.

'Hoi, mam,' gilt Pamela even later hard door het toestelletje. 'Met mij. Ik ga vanmiddag met Lola mee naar huis. Lola van Eden. Je weet wel... Goed? Ik ben voor het eten weer thuis. Goed?' Ze trekt een ongeduldig gezicht. 'Weet ik niet... Ja, mam... Nee, mam... Ja, mam... Jáhá. Ja. Dag, mam.'

Ze geeft het telefoontje weer terug aan Tony.

'Geregeld?' vraagt Tony. Hij draait zich om naar Lola. 'Zal ik ook mee gaan?' vraagt hij en maakt een potsierlijke buiging. 'Met mijn heb je tenminste altijd een leuke middag.'

14

'Ja hoor. Dág Tony,' antwoordt Lola. 'We kunnen het nu wel alleen af. En eh... Het is trouwens met *mij* en niet met *mijn*.'

'Dat wist hij wel, hè, Tony?' zegt Ruud lachend. 'Hij wilde alleen maar even testen of wíj het wel wisten.'

Tony loopt weg, het mobieltje alweer aan zijn oor.

'Weet Pamela al waar je woont?' vraagt Snoep zacht als Pamela haar fiets gaat halen.

Lola schudt haar hoofd.

'Je kunt het nu wel vertellen,' vindt Ruud. 'Ze is toch je vriendin?'

Lola knikt.

'Vrienden vinden niks gek van elkaar,' zegt Snoep.

Ruud geeft hem een speelse stomp tegen zijn schouder. 'Het enige gekke van jóú vind ik dat jij mompelt in je slaap. En weet je wat het vervelendste daarvan is?' vraagt hij aan Lola. 'Ik kan verdorie nooit verstaan waar hij het over heeft.'

'Klopt,' zegt Snoep. 'Ik droom in geheimtaal.'

Daar is Pamela weer.

'Oké,' zegt ze. 'Gaan we. Waar woon je eigenlijk?'

Ruud geeft Lola een knipoog. 'Succes,' zegt hij.

Pamela's mond staat geen moment stil. Ze babbelt en giechelt. Bij iedere lachbui zwalkt ze over het fietspad.

Het is best een eind fietsen. Lola heeft haar gewaarschuwd.

'Zijn we er nou nog niet?' vraagt Pam. 'Zo ver fiets ik nooit. Ik heb nu al spierpijn.'

Nu moet het er echt van komen.

Lola haalt diep adem.

'Mijn vorige school was dichterbij,' begint ze. 'En eigenlijk woon ik eh... niet thuis.'

'Niet thuis?' herhaalt Pamela. Ze houdt even op met trappen. 'Hoe bedoel je?'

'Nou eh... ik woon in De Uitwijk.'

Pamela vergeet nu helemaal dat ze haar voeten moet bewegen.

'De Uitwijk? Wat is dat nou weer?'

De naam zegt haar helemaal niets, begrijpt Lola.

'Dat is een tehuis voor kinderen die van huis zijn weggelopen.'

Pamela's mond zakt open.

'En wat doe jíj daar dan?'

'Wonen.' Lola moet bijna lachen om het gezicht van haar vriendin. 'Slapen en eten.'

'Doe niet zo flauw. Je weet best wat ik bedoel.'

'Wacht maar tot we er zijn,' zegt Lola. 'Je vindt het er vast heel leuk. Ik heb er een kamer met twee andere meisjes. Maar die zijn er vanmiddag niet. En ik heb een kat. Maar dat heb ik je al verteld. Als we binnen zijn moet je alleen even wachten. Het is een ontzettende bende in mijn kamer.'

'Krijg nou wat,' mompelt Pamela. 'Woon je in een tehuis?!'

'Hier moet je even wachten,' zegt Lola in de hal. Ze gooit haar jas op de kapstok en steekt dan haar hoofd om de hoek van de kamerdeur.

'Niels!' schreeuwt ze. 'Ik heb een vriendin meegebracht. Ik laat m'n kamer even zien.'

'Niels? Wie is Niels nu weer?' wil Pamela weten. Ze ploft bijna van nieuwsgierigheid.

'Niels is de huisvader. Hij zorgt voor ons en let een beetje op ons.' Lola rent de trap op. 'Eigenlijk is hij meer een soort oudere broer,' roept ze over haar schouder.

Op haar kamer trekt ze snel haar dekens recht. Dan smijt ze een paar kleren onder haar bed en gooit haar pyjama onder het kussen.

'Klaar! Kom maar,' roept ze naar beneden.

Pamela stormt naar boven. Het eerste wat ze ziet, is de rode kater, die zich zojuist om de benen van Lola heeft gekruld.

16

'Ach, wat een schatje!' Pamela zakt op haar knieën neer bij de kat. 'Wat is-ie mooi!' Ze streelt en kriebelt hem tot hij snorrend van genoegen op zijn rug draait.

'Rebèl is helemaal van mij alleen,' zegt Lola trots. 'Ik heb hem in het bos gevonden.'

Haar kamertje is niet veel zaaks, weet ze wel. Gelukkig heeft Pamela voorlopig alleen maar oog voor de kat.

'Ik wou dat ik een poes mocht,' zegt Pamela. 'Mijn moeder wil geen dieren in huis vanwege de haren. Jij hebt wel geluk dat je hier woont.'

Voor het eerst kijkt ze rond. Op de overige bedden liggen de rommeltjes van de andere meisjes. Aan de muur hangen posters van jongenspopgroepen en een kapstokje met allemaal kettinkjes. Her en der liggen truitjes en T-shirts.

'Met z'n hoevelen wonen jullie in dit huis?' vraagt Pamela.

Lola telt in gedachten. 'Vijf meisjes en drie jongens.'

Nu gaat Pamela natuurlijk vragen waarom ze hier woont en niet thuis.

'Is dit zoiets als een internaat?' vraagt Pam. Ze gaat op Lola's bed zitten. 'Mijn moeder heeft wel eens verteld dat kinderen soms naar een kostschool gaan. Ik weet het ook niet precies. Als hun vader en moeder in het buitenland werken, of zo.'

'Ja, zoiets.'

'Wonen jouw ouders ook ergens anders? Vind je dat niet erg?'

Lola zuigt haar longen vol met lucht. 'Nee,' zegt ze. 'Mijn vader en moeder wonen daar ergens.' Ze wappert nonchalant met haar hand ergens in de lucht. 'Met mijn twee broertjes.'

Pamela's mond zakt open.

'Ga weg.'

'Ik ben hier net,' zegt Lola lachend in de hoop dat Pam niet verder vraagt.

'Nee, zonder gekheid,' houdt Pamela vol.

Lola haalt onverschillig haar schouders op. 'Ik vond het thuis niet fijn. Daarom.'

'O?' Pamela neemt duidelijk geen genoegen met zo'n simpel antwoord. 'Waarom niet?'

'Nou ja. Ik praat er liever niet over.' Dát is in elk geval waar.

'Als je niet wilt, hoef je niks te zeggen, hoor,' zegt Pamela.

Lola plukt zwijgend aan haar haar. Moet ze het Pamela nou vertellen of niet? Het is eigenlijk zo'n afgang.

Pamela kijkt haar vol verwachting aan. Met van die grote, ronde, onschuldige poppenogen. Ze begrijpt het vast niet. Hoewel... *Vrienden vinden niks gek van elkaar,* zei Snoep en díé kan het weten.

'Oké dan,' zegt Lola. 'Als je het echt aan niemand anders vertelt.'

'Wat dacht je dan? Ik ben je beste vriendin!'

'Goed. Als je echt je mond houdt.'

Pam knikt heftig en maakt met haar wijsvinger een denkbeeldig kruisje over haar lippen.

'Mijn vader... nou ja... ik weet niet hoe ik dat moet zeggen... Ik ben bang voor hem.' Gespannen wacht Lola op de reactie van haar vriendin. Maar Pamela trekt haar ene wenkbrauw op en kijkt haar niet-begrijpend aan.

Lola voelt dat ze een kleur krijgt. 'Hij eh... nou ja... als hij weer eens dronken was.'

Pamela's ogen worden groot van verbazing.

'Hè? Dronken?'

Lola voelt dat ze nog roder wordt. Zie je wel, in normale gezinnen zijn vaders niet dronken.

'Dan kwam hij bij me op bed liggen. En dat vond ik eng.'

'Eng?' Pamela trekt een nadenkend gezicht. 'Joh, dat doet mijn vader ook zo vaak. Die brengt me bijna elke avond naar bed. Dat vind ik juist hartstikke gezellig.'

18

'Míjn vader was niet gezellig. Hij zat aan me.'

'Hoe bedoel je? Mijn vader kriebelt ook op m'n rug of hij masseert m'n voeten. Dat vind ik juist heerlijk. Het is gewoon een echte vrijkous. Eigenlijk vind ik het veel leuker als hij welterusten komt zeggen dan mijn moeder. Mama wappert altijd een kusje in de lucht, maar papa maakt altijd grapjes als hij me naar bed brengt.' Pam moet al lachen als ze eraan denkt.

'Soms gaat hij naast me liggen om voor te lezen en dan valt híj in slaap. En soms geeft hij me de kieteldood en dan...'

Ik had er nooit over moeten beginnen, denkt Lola. Pam heeft geen idee waar ik over praat.

'Mijn vader geeft me ook wel eens een klap op m'n kont en...' gaat Pamela verder.

'Maar niet zó, Pam,' onderbreekt Lola haar. 'Wat jouw vader doet, da's normaal. Maar mijn vader... ik vind het eng.'

Even weet Pamela niet wat ze moet zeggen. Ze bijt op haar nagel. 'En toen ben je zomaar van huis weggelopen?'

'Niet zomaar. Ik heb geprobeerd om het aan mijn moeder te vertellen.'

'Ja, en wat zei ze?'

'Ze zei dat ik het me verbeeldde. Dat ik me niet zo moest aanstellen.'

'*Je ziet eruit als een zigeunerin,*' had haar moeder wel eens gezegd. '*Een kind van jouw leeftijd maakt geen zwarte randjes om haar ogen. Je doet het alleen maar om aandacht te trekken.*' Lola schudt haar hoofd. Niet aan denken!

Pamela staart voor zich uit. Ze gelooft me niet, denkt Lola. Zij ook al niet. Het is ook bijna niet uit te leggen. Dat gevoel van onveiligheid, die zenuwachtigheid die ze voelde als hij te veel gedronken had. Had ze nu toch maar haar mond gehouden.

Ineens springt Pamela op van het bed. Ze draait haar

achterwerk naar Lola en kijkt over haar schouder. 'Wat vind jij... ben ik te dik? Eerlijk zeggen.'

'Dik? Doe normaal. Helemaal niet!'

'Zou je het anders wel zeggen?'

'Natuurlijk.'

Pamela laat een zucht van opluchting horen. 'Mijn vader zegt altijd: "Een dikke kont is gezond."' Ze blijft een tijdje zwijgend voor zich uitstaren. Dan slaat ze ineens een arm om Lola. 'Weet je,' zegt ze, 'jij bent écht mijn beste vriendin.'

Gelukkig, denkt Lola. Verder geen vervelende vragen. Ze trekt gelukkig geen vies gezicht. Misschien heeft Pam het toch een beetje begrepen.

'Ja,' antwoordt ze opgelucht. 'Jij ook. Jij bent de eerste waar ik zomaar dingen aan vertel. Op mijn vorige school had ik alleen maar van die tutjes in de klas.'

'En hier, in dit eh... huis?'

'Die meisjes zijn heel anders dan ik.'

Lola gaat ook staan. 'Heb je zin in thee?' vraagt ze.

De thee zit in een grote thermoskan.

'Dit is Pam, mijn beste vriendin,' zegt Lola.

'Je beste vriendin,' herhaalt Niels en wrijft met zijn hand langs zijn stoppelbaardje. 'Dat is mooi, Lola.' Hij geeft Pamela een hand en zegt: 'Dag, Pam. Vrienden van Lola zijn hier altijd welkom.'

Hij haalt een stapeltje speculaasjes uit een krakend zakje. Die legt hij op een glazen schaaltje, waar een flinke barst in zit.

'Alsjeblieft, meiden,' zegt hij. 'Lekker snoepen, maar niet alles opeten.' Hij veegt zijn handen af aan zijn spijkerbroek. 'De anderen komen zo dadelijk ook thuis.'

'Het is hier eigenlijk best gezellig,' zegt Pamela als Niels de keuken is uitgelopen. 'En hij?' gebaart ze naar de deur. 'Aardige man, hè?'

'Niels is hartstikke tof. Vraag maar aan Ruud en Snoep.'

Gespannen wacht Lola de reactie van haar vriendin af.

Pamela knabbelt aan haar koekje. 'Ruud en Snoep? Hoezo?'

'Die kennen Niels ook. Ik heb Ruud en Snoep hier leren kennen.'

Pamela's hand met het koekje zakt naar beneden.

Onverstoorbaar vertelt Lola verder. 'Toen Ruud naar De Uitwijk kwam heette hij nog Rudy. Ik woonde toen al een tijdje hier. Als ik daaraan terugdenk...'

'Vertel!' Pamela schuift dichter naar Lola. 'Heeft hij hier óók gewoond?'

Lola knikt. 'En Snoep ook. Snoep was tóén nog zo'n schichtig jochie. Hij komt uit en heel andere stad. De meeste kinderen die hier wonen trouwens. Niemand wist zijn echte naam. Snoep werd hij genoemd, omdat hij zo'n enorme snoeperd was. Eigenlijk viel hij niet eens op tussen de anderen. Totdat Ruud kwam en zich met hem ging bemoeien.'

'En wat deed Ruud hier?'

'Die had ruzie met zijn vader. Hij ging nooit meer naar huis, zei hij. Het stelde niet veel voor, vond ik. Tenminste als je het vergeleek met de problemen van de andere kinderen hier. Maar Ruud dacht daar anders over. Hij was toen nog een beetje een jong knulletje. Nu niet meer. Hij is echt veranderd. Vind je niet? Ruud wordt vast erg lang,' mijmert Lola.

'Daar heeft hij nooit iets over verteld!' Pamela klinkt bijna beledigd. 'Maar ik weet wel dat Snoep nu bij hem woont. Ik dacht dat Snoep een neef van hem was of zo.'

Lola roert langzaam met haar lepeltje in de thee.

'Zo heel erg lang is Ruud hier niet eens geweest. Maar wat er allemaal in die korte tijd gebeurde...'

Bij de gedachte aan die heftige tijd moet ze glimlachen. 'Echt iets voor Ruud... toen hij eenmaal terug naar huis ging, nam hij Snoep doodleuk mee. Snoep was zijn beste vriend geworden. Die kon hij niet achterlaten, vond hij.'

21

'Ruud en Snoep zijn echt goede vrienden van jou, hè?' vraagt Pamela.

'Ze zijn gewoon tof, die twee. Ik wist niet wat me overkwam toen ik ze bij m'n nieuwe school zag.'

'Ik dacht dat je ze van iets heel anders kende.'

'Nee dus. Het zijn mijn vrienden van De Uitwijk.'

Even lijkt het of Pam teleurgesteld is. 'Zijn ze méér vriend van jou dan ik?' vraagt ze.

Lola haalt haar schouders op. 'Da's heel anders. Jij bent mijn allerbeste vriendin. Ruud en Snoep zijn wel jongens, hè?'

Pamela knikt alsof ze precies weet wat Lola bedoelt. 'Jongens moeten altijd zo stoer doen,' zegt ze. 'Altijd opscheppen en zo.'

Nu pas kijkt ze rond in de keuken. 'Wat zullen we gaan doen? Hebben jullie televisie?'

Lola schiet in de lach. 'Die hebben we wel. In de woonkamer. Maar die mag alleen na vijf uur aan.'

De voordeur slaat met een knal dicht. In de hal klinken opgewonden stemmen.

'Lola, ben je thuis?' schreeuwt iemand.

'Nou,' zegt Lola, 'zet je maar schrap. Daar zijn de anderen. Da's een nadeel hier. Je bent nooit alleen.'

'Leuk juist,' zegt Pamela. 'Ik heb helemaal geen broertjes of zusjes. Dat is pas saai. Als ik thuiskom, zit mijn moeder op me te wachten. Dan vraagt ze altijd: "Hoe was het op school, schat?" En dan wil ze alles weten. Alles!'

De deur van de keuken vliegt open.

'Is zij nieuw hier?' vraagt een van de kinderen zodra ze Pamela zien zitten.

'Nee hoor,' antwoordt Lola. 'Dit is Pamela. Mijn beste vriendin,' voegt ze eraan toe. Ze hoort zelf hoe trots ze klinkt.

IJskoud

Buiten striemt de regen tegen de ramen, maar in het gymlokaal is het broeierig warm.

'Het is hier om te stikken,' zegt Ruud. Hij is de eerste die zijn gymshirt over zijn hoofd uittrekt. 'Ik smelt zowat.'

'Het komt door de verwarming,' zegt meester Jan. 'Er is iets mis mee, vertelde meneer Andries. Iets met de thermostaat. Er komt zo een monteur.'

Snoep steekt zijn vinger op. 'Meester, als de verwarming ontploft, mogen wij dan naar huis?'

'Dat zou je wel willen, hè?' De meester zet een raam open.

'Ik weet wel een oplossing, hoor. We doen ijskoud of het niet warm is.'

Dat is een leuk idee! Lola ziet het helemaal voor zich.

'Ik weet wat!' zegt ze. 'We doen net of we op de Noordpool zitten. Pinguïns!' juicht Lola. 'We zijn een stelletje pinguïns.'

Lola springt op. Met haar voeten een beetje in een

v-vorm, haar armen stijf langs haar lijf, waggelt ze naar voren.

Haar spontane actie heeft onmiddellijk effect. Snoep is de eerste die haar voorbeeld volgt. Vanuit de jongensrij komt hij ook naar voren geschommeld.

De meester doet een stapje opzij en kijkt lachend naar het tweetal. Hun rare gewaggel werkt aanstekelijk. Het gymlokaal is ineens gevuld met reuzenpinguïns in gym-kleding. Lola en Snoep maken er een compleet toneel-spel van.

'Oeps,' doet Lola terwijl ze door de gymzaal hupt. 'Bij-na een ijsschots gemist.'

Snoep springt achter haar aan. 'Brrr,' rilt hij. 'Verrekte koud met al dat ijs.'

Plotseling blijft Lola staan en kijkt achterom.

'Kan ik even een duikje nemen?' vraagt ze aan Snoep. 'Let jij dan even op het ei?'

Even valt Snoep uit zijn rol. 'Welk ei?' vraagt hij onno-zel.

'Ons kind natuurlijk.' Lola doet net of ze een ei tussen haar voeten naar Snoep toe rolt. 'Wel goed opletten, hoor,' waarschuwt ze.

'O, ja. Het ei!'

De hele klas schiet in de lach als Lola en Snoep zich als twee echte pinguïns om een denkbeeldig ei bekomme-ren.

Daar gaat Lola. Ze kijkt nog een keer om naar Snoep, die nu krampachtig op het zogenaamde ei staat te pas-sen.

'Je let er toch wel goed op, hè?' vraagt ze.

Snoep knikt en wappert met zijn arm alsof het een vleugel is.

Halverwege keert Lola zich weer om. Opnieuw wag-gelt ze terug.

'Waar is ons ei?' vraagt ze streng. 'Je bent het toch niet kwijtgeraakt, hè?'

'Nee,' schudt Snoep.

'Laat zien,' commandeert Lola. Ze buigt zich heel pinguïnachtig naar voren. 'Goed zo. Goed oppassen. Dan neem ik nu een duik.' Weer waggelt ze weg. 'Mannen...' mompelt ze,' altijd zo slordig met eieren.'

Snoep staat inmiddels braaf op het ei te passen. 'Dag hoor,' doet hij met zijn 'vleugeltje'. 'Ga jij maar lekker zwemmen. Ik blijf hier wel koukleumen in de vrieskou.'

Lola doet of ze wil duiken. Maar dan bedenkt ze zich en waggelt in een noodgang terug naar haar pinguïnman. Het is zo'n komisch gezicht dat iedereen begint te lachen.

'Het ei!' zegt ze als ze pal voor hem staat. 'Je hebt het toch nog wel?'

'Het ei. Het ei,' doet Snoep zogenaamd geïrriteerd. 'Dat gezeur over dat ei altijd. Hier, dit doe ik met je ei.' Met zijn voet stampt hij boven op het denkbeeldige ei.

Lola valt geen moment uit haar rol als pinguïnmoeder. Ook niet als de hele klas gilt van de pret. Ze wacht tot het iets stiller wordt. Dan buigt ze zich langzaam naar voren en staart naar de voeten van Snoep.

'Dat heb je er nou van,' zegt ze verwijtend. 'Eten we vanavond wéér omelet.'

Het applaus barst los. Als een volleerde toneelspeelster grijpt Lola de hand van Snoep en buigt voor de groep.

'Lola, Lola,' juichen ze.

De meester blijft het langst in zijn handen klappen. 'En jij weet nog niet wat je later moet worden?' zegt hij. 'Dat lijkt me anders wel duidelijk. Jou zien we echt nog wel eens op het toneel of op de televisie. Let maar op.'

Het is raar maar waar. Die dag lijkt het wel of iedereen haar vriend of vriendin wil worden. Nanda en Christa zijn niet bij haar weg te slaan. Ook Huib en Daan en zelfs Kevin verdringen zich om haar.

Alleen Pamela baalt een beetje van de plotselinge aandacht die Lola krijgt. Zodra Nanda en Christa uit de buurt zijn, zucht ze dramatisch. 'Hè, hè, ik dacht dat ze nooit weggingen. Het zijn net plakvliegen.'

Tony staat op een afstandje. Hij wacht op een goede gelegenheid om iets te zeggen, ziet Lola. Toen ze voor pinguïn speelde, stond hij ademloos naar haar te kijken, met van die glinsterende ogen. Ze heeft het wel gezien.

Eindelijk, als ze zich losmaakt uit de groep, ziet Tony zijn kans schoon.

'Hier,' zegt hij terwijl hij uit zijn zak een strip met kauwgom tevoorschijn tovert. 'Voor jou. Omdat eh... nou ja, zomaar. Ik heb me suf gelachen. Ik vind je hartstikke *cool*. Sinds jij er bent is het tenminste weer leuk op school.'

'O, lekker. Kauwgom,' zegt Pam die ineens tussen hen opduikt.

Ze houdt haar hand al op.

'Gaan we dan?' vraagt ze aan Lola.

'Wat gaan jullie doen?' wil Tony weten.

'Niks,' antwoordt Lola. 'Meidenzaken.'

Normaal rijdt ze op haar opoefiets veel sneller. Maar met Pamela achterop gaat het heel wat trager. Pamela kletst aan een stuk door.

Tegen de tijd dat ze in de stad aankomen, heeft ze alle jongens uit groep 8 besproken. Tony is hét stuk van de klas, vindt ze. Stefan is ook best geinig, maar die aapt Tony teveel na. En Daan en Huib zijn nog van die broekies.

Ruud is wel een echte bink, maar daar kan Pamela niet zo'n hoogte van krijgen. Die vindt meisjes nog niet zo interessant, denkt ze. En Snoep, ja dat is natuurlijk een schatje, maar...

Nooit geweten dat je zo'n plezier met iemand kunt hebben, denkt Lola.

Pamela kwekt maar door. 'Kevin vind ik een engerd.

Die zit altijd zo vies in z'n neus te peuteren. En dan kíjkt hij ernaar!' Ze gruwelt zo nadrukkelijk dat de fiets ervan slingert.

Grappig is dat. Pamela en zij kunnen om dezelfde dingen lachen. Dat ontdekten ze de eerste dag al. Lola stond nog wat onwennig bij de ingang van de nieuwe school, toen Pamela langs kwam. Aan haar schooltas had ze een sleutelhanger bungelen met een beertje eraan. Dezelfde hanger die Lola aan een touwtje om haar nek had.

Pamela zag het meteen. Ze pakte haar eigen beertje in haar hand. 'Hé, dag Beertje,' zei ze. 'Ben jij soms mijn broertje?'

Lola schoot in de lach. Ze bekeek de onderkant van haar eigen beertje aandachtig. 'Geen broertje, zo te zien,' antwoordde ze. 'Z'n zusje, denk ik.'

De rest ging als vanzelf. Pamela vond het hartstikke interessant dat er een nieuw meisje in de klas kwam. En toen ze hoorde dat Lola was weggestuurd van haar vorige school vond ze dat al helemaal te gek.

Vanaf die eerste dag al was het duidelijk. Waar Lola is, zie je Pamela en waar Pamela gaat, loopt Lola aan haar zij.

Pamela springt van de bagagedrager.

'Maar allemaal zitten ze naar jóú te gapen,' besluit ze. 'Jij bent gewoon anders dan andere meisjes. Ik wou dat ík zulk haar had en zulke ogen,' zegt ze. 'Die zwarte randjes om je ogen... hartstikke stoer vind ik dat. Maar mijn moeder zou me vermoorden als ik me zo zou opmaken.'

Lola zet haar fiets tegen de gevel van het grote warenhuis, precies onder het bordje 'Verboden voor fietsen'.

'Kom op.' Ze pakt haar vriendin bij haar arm. 'Kijken hoe het jou staat.'

'Wat dan?'

Pamela volgt haar als Lola op de afdeling cosmetica afstapt.

Dit gevoel, dat je alles met een ander kunt delen, dit is vriendschap. Het bestaat dus echt! Voor het eerst in haar leven is er iemand die haar leuk vindt, zoals ze is. Eindelijk is er iemand die haar zigeunerachtige uiterlijk niet raar vindt.

'Wat gaan we doen?' wil Pam weten.

'Mascara uitproberen.'

Lola laat haar blik over de uitgestalde lippenstiften en mascararollers glijden.

Ze pakt een van de rollers en trekt het kwastje uit de houder.

'Hier,' zegt ze. 'Recht vooruit kijken en niet met je ogen knipperen.'

Met zachte bewegingen rolt ze het kwastje over de wimpers van Pamela.

'Get, dat kietelt.' Pamela trekt haar hoofd terug.

'Stilstaan, Pam,' commandeert Lola. 'Anders loopt je mascara uit.'

Pamela begint er nu ook lol in te krijgen. 'Doe maar lekker dik,' zegt ze.

Het is klaar.

'Zo hé,' juicht Pam als ze in de spiegel kijkt. 'Wat gaaf.' Ze knippert een paar keer overdreven met haar wimpers. Ze ziet er ineens een stuk ouder uit.

'Nu nog lippenstift,' zegt Lola. 'Als het niet staat, veeg je het gewoon weer af.'

Ze kiest een zachtroze. Maar als ze met de stift in de buurt van Pamela's lippen komt, schiet ze in de lach. Haar vriendin heeft haar ogen gesloten en haar lippen steken naar voren. Het is net of ze wacht op een kus.

'Zo is het wel weer genoeg!' Een zwaar opgemaakte mevrouw grijpt over het hoofd van Pamela naar de lippenstift. Er hangt een wolk van parfum om haar heen.

Maar Lola is sneller. Razendsnel verbergt ze de lippenstift achter haar rug. 'Hoezo?' vraagt ze.

'Dit is geen speelgoed,' zegt de make-upverkoopster.

'Straks kan ik ze niet meer verkopen.'

'Nou en? Het is een tester, hoor,' antwoordt Lola snibbig. 'Die zijn niet om te verkopen.'

'Zet terug.'

'Als we hem geprobeerd hebben. Daar zijn ze voor.'

'Zet terug! Daar zijn jullie veel te jong voor.'

'Dat bepalen we zelf wel.'

'Jullie kopen toch niks. Ik ken dat. Geef!' De verkoopster doet een uitval naar de lippenstift achter Lola's rug.

Vanuit haar ooghoeken ziet Lola dat Pamela geschrokken een stapje achteruit doet. Met de mouw van haar jack veegt ze per ongeluk langs de doosjes met oogschaduw. Een hele rij doosjes klettert op de grond. Eén doosje rolt onder de toonbank.

'Zie je nou wat je doet?' schettert de verkoopster. Ze duikt naar de grond om de artikelen zo snel mogelijk op te rapen.

'Hier,' zegt Lola. Ze legt de al opengedraaide lippenstift ijskoud in de openstaande kraag van de mevrouw. 'Weet je wat? Smeer maar in je haar.'

Pamela wacht de reactie niet af en zet het op een lopen.

Pas als ze door de draaideur zijn, begint ze te schateren. 'Lola, jij bent echt gestoord.'

Lola haalt haar schouders op. 'Dat mens moet zich niet zo aanstellen. Wat geeft 't nou of we die spullen uitproberen? Wedden dat zij zelf al die testers gebruikt om zich op te tutten?'

'Wat zullen we nu gaan doen?' vraagt Pamela. 'Zeg jij het maar. Mij maakt het niet uit.'

'Gewoon een eindje lopen,' zegt Lola. 'Ik heb m'n zakgeld net gekregen. Kijken wat we tegenkomen.' Ze slaat haar arm om Pamela.

Vroeger zwierf ze ook wel eens door de stad. Maar hoe drukker het was, des te eenzamer ze zich dan voelde.

Nu niet. Vandaag lijkt het of al die mensen die ze passeren naar haar lachen.

Op de markt lopen mensen langs de kraampjes, hun tassen afgeladen met vers fruit. Ze snuift de lucht van pas gebakken stroopwafels op. Zo ruikt geluk dus.

'Zullen we een stroopwafel kopen?' vraagt ze.

Pamela likt langs haar lippen. 'Ik heb geen geld bij me,' zegt ze.

Lola haalt haar schouders op. 'Dan trakteer ik je toch?'

Even later zet ze haar tanden in de zachte stroopwafel.

'Gezellig hè?' Pamela wrijft haar schouder tegen Lola's rug. 'Dit is veel leuker dan winkelen met mijn moeder. Die zit alleen maar te zeuren dat alles zo duur is.' Ze neemt een flinke hap uit haar stroopwafel. 'Terwijl mijn pa toch hartstikke rijk is.' Ze likt haar vingers af. 'En jouw vader?'

Ander onderwerp! denkt Lola. Als Pamela's vader zo gezellig is en zo rijk, dan kan zij moeilijk uitleggen hoe het is als je vader van de ene baan naar de andere zwerft. Dat hij de helft van de tijd thuis op de bank zit, met de opengeslagen krant op zijn gezicht.

'Daar!' wijst Lola. 'Volgens mij is die winkel nieuw.' Ze holt naar de etalage.

Even later staat ook Pam zich te vergapen voor de winkelruit.

'Wat een gekke winkel,' zegt ze.

'Een tattoo-winkel,' zegt Lola als ze de talloze tekeningen heeft bekeken. 'Weet je wat? Zal ik een tattoo laten maken?'

De stroopwafel blijft half uit Pamela's mond steken. 'Doe even normaal, Lola.' zegt ze. 'Dat durf je toch niet.'

Rebèl

'Dit doet echt geen pijn,' zegt de man in de tatoeage-winkel. 'De priktatoeages wel, maar die doe ik niet bij kinderen. Ik wil wel een henna-tattoo bij je maken. Die teken ik op je huid en die verdwijnt na een paar weken weer vanzelf.'

Hij heet Tattoo-John, want die naam staat op de ruit van zijn winkel. Hij heeft zijn dunne haar samengebonden in een staartje.

'Kijk,' zegt hij. Hij laat de meisjes een fotoboek zien met indrukwekkende schilderingen. Pamela begint zenuwachtig te giechelen als ze de blote buiken en ruggen ziet.

'Kijk. Bij de henna-tattoos gebruik ik geen inkt, maar een soort poeder. Dat is gemaakt van gedroogde en daarna fijngemalen bladeren van een plant,' legt hij uit. 'Het poeder moet vermengd worden met hele zwarte thee. Die thee moet heel lang trekken. Dat duurt uren. Maar je boft,' zegt Tattoo-John. 'Ik heb nog een beetje over. De vorige klant is net weg.'

'Vindt je moeder het wel goed?' wil hij weten. 'Ik wil geen gedonder in mijn zaak.'

'Mijn moeder is dood,' zegt Lola met een uitgestreken gezicht. Ze ziet dat Pamela verschrikt naar haar kijkt.

'Doe je het echt?' fluistert ze. 'Nee toch?' Ze steekt het laatste stukje stroopwafel in haar mond en likt haar vingers af.

Lola knikt. 'Op mijn rug,' zegt ze. 'Aan de onderkant. Maar niet zo'n stomme draak of zo'n dom hartje. Kun je ook letters maken?'

Tattoo-John trekt een gezicht alsof ze hem tot in zijn ziel heeft beledigd. 'Tuurlijk. Al wilde je het hele woordenboek op je rug. Wat moet erop? De naam van je vriendje zeker. Of van je vriendin?'

Hij kijkt naar Pamela die een stapje naar achteren doet. Haar handen houdt ze afwerend voor zich uitgestoken. Ze wil er niets mee te maken hebben.

Lola hoeft er niet over na te denken. Er is er maar één die altijd van haar houdt. Eén die altijd blij is haar te zien.

'Rebèl,' zegt ze vastbesloten. 'Dat moet erop staan. Hier.' Ze tilt haar truitje aan de achterkant een beetje omhoog.

'Maar het moet niet zomaar te zien zijn.'

Als ze op het krukje is gaan zitten, maakt de tattooman eerst een voorbeeld. Het duurt even, maar Lola is dik tevreden als ze de tekening ziet. Het zijn mooie letters. Hij heeft ze getekend in een klein boogje.

'Mooi. Begin maar.'

De man zuigt het bruine poederpapje met een grote injectiespuit op. Daarna spuit hij het in een klein flesje met een dunne naald.

'Wisten jullie dat ze dit in andere landen heel vaak doen?' vraagt Tattoo-John. 'Vrouwen laten hun handen vaak met henna beschilderen. Het brengt geluk, zeggen ze.'

'Geluk?' herhaalt Lola. 'Ik ben al gelukkig.'

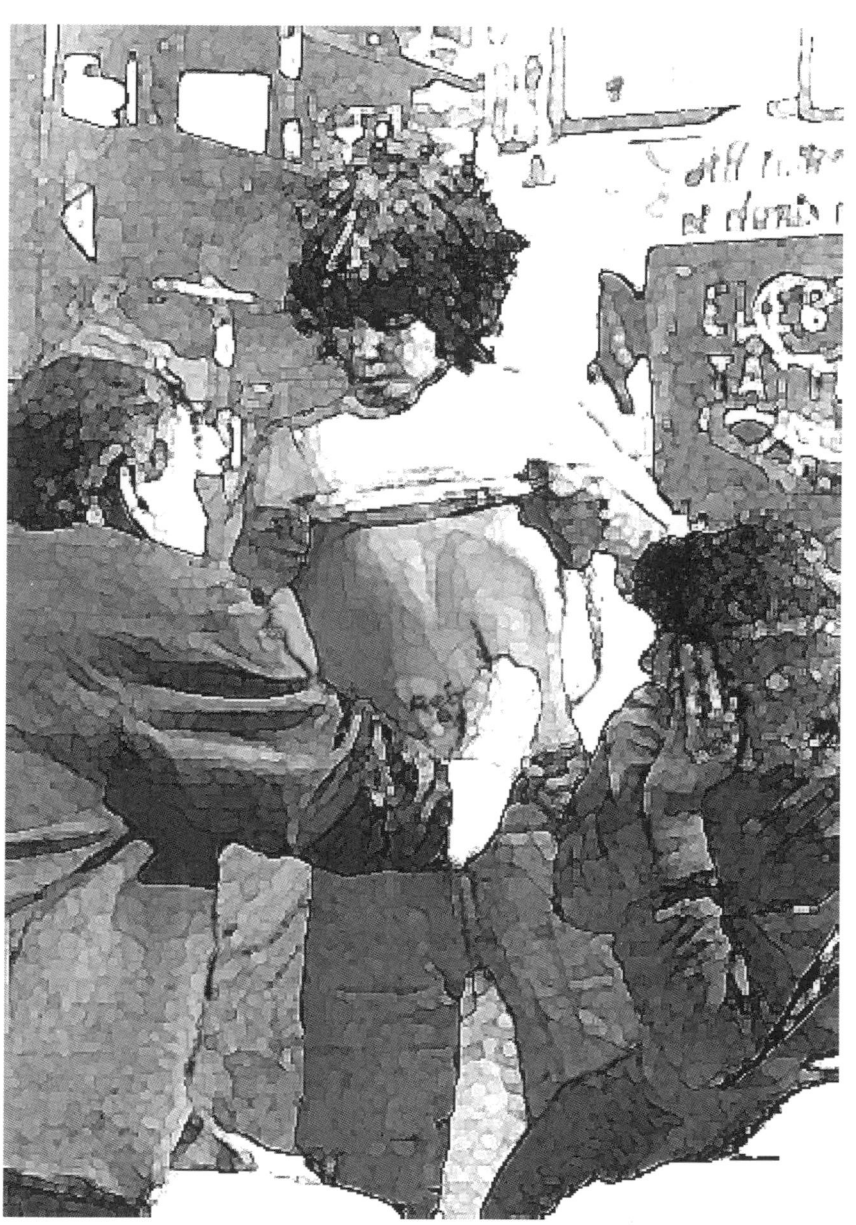

'Misschien word je nu nog gelukkiger,' zegt de man lachend.

Lola buigt zich iets voorover.

Pamela zit er zwijgend bij en bijt op haar nagels.

'Wil je hem niet liever op je buik hebben?' vraagt Tattoo-John. 'Dan kun je hem zelf tenminste ook zien. Anders heb je er zelf toch niks aan?'

Ze kijkt naar de handen van de tatoeëerder.

'Hoe lang duurt het?' vraagt Lola.

'Niet zo lang. Nou, waar moet-ie komen?'

'Oké dan. Op mijn buik. Maar dan wel bóven mijn navel.'

In dat geval moet ze gaan staan.

De tattoo-man schuift een krukje bij. Met een watje maakt hij haar huid schoon.

Lola houdt haar handen stijf op haar buik. Ze kijkt naar Pamela, die op een stoel ernaast gaat zitten. Fijn dat haar beste vriendin erbij is.

Ze richt haar ogen op de muur achter Pamela. Daar hangen allerlei afbeeldingen van tattoos: vlinders, enge koppen, slangen...

'Begin maar,' zegt ze.

'Ziezo, het staat erop,' zegt Tattoo-John. 'Nu moet het even drogen.'

'Rebèl,' herhaalt hij de tekst op haar buik. 'Bén jij zo'n opstandig kind?'

'Zo heet haar kat,' licht Pamela hem in.

'Je kat?!' Tattoo-John snuift van verbazing. 'Nou ja, sommige mensen laten wel gekkere dingen op hun huid schrijven.'

Lola kijkt omlaag. De tattoo is hartstikke zwart. En het lijkt of ze modder op haar buik heeft.

'Blijft dat zo?' vraagt ze angstig.

Tattoo-John grinnikt. 'Nee hoor. Als het droog is, doe ik er iets op, zodat het goed blijft zitten. Over ongeveer twaalf uur mag je het papje er thuis met je nagels afkrabben.'

'En dan?'

'Dan houd je een mooie roodoranje tekening over.'

Ten slotte plakt hij er een grote pleister overheen.

Hij loopt naar de kassa en slaat het bedrag aan.

'Zoveel?' Pamela kijkt geschrokken naar Lola, die een piepklein portemonneetje uit haar zak trekt. Zonder een spier van haar gezicht te vertrekken legt ze het geld op de toonbank.

Buiten de winkel barst Pamela los. 'Je hebt het echt gedaan! Ik dacht dat je een geintje maakte. Dat je dat nog doet ook, joh! Mijn moeder zou me dwars door het huis meppen als ík zoiets deed.'

Ze gaat pal voor Lola staan. 'Til je truitje eens op,' zegt ze. 'Laat nog eens zien.'

'Niemand ziet het,' zegt Lola. 'Kijk maar. Ik kan me makkelijk bewegen zonder dat iemand het ziet. Niemand weet het, alleen jij. Ja? Nu hebben we een geheim, jij en ik.'

Pamela schudt ongelovig haar hoofd. 'Ik ken echt niemand zoals jij.'

Kippenvel

Misschien heeft Pamela gelijk. Waarom krijgt ze anders kippenvel in haar nek als Tony in de buurt is?

Lola wervelt met haar skates over het schoolplein. Iedere keer als ze maar een beetje in zijn buurt komt, probeert hij haar te pakken. Maar Lola is sneller. Steeds als Tony haar wil grijpen, duikt ze onder zijn handen weg.

Hun spel werkt aanstekelijk op de rest van de klas. Ook Stefan, Huib en Daan doen hun best om Lola te vangen.

Pamela, Nanda en Christa proberen op hun beurt de jongens naar het hek te drijven.

Niemand merkt dat meester Jan naar buiten is gekomen. Lola ziet hem pas als de helft van de klas al om hem heen staat.

Het is al lang tijd om te beginnen.

'Hoe doe je dat nu?' vraagt de meester. Hij knikt in de richting van haar rollerskates. 'Wou je zo de klas in?'

'Dat zal wel moeten,' zegt Lola. 'Ik heb mijn schoenen vergeten.'

Achter de meester aan strompelt ze op de skates de school binnen. Het geklos op de gang trekt meteen de aandacht van het schoolhoofd, meneer Vos. Hij kijkt geërgerd naar Lola.

'Doe die dingen onmiddellijk uit,' snauwt hij. 'Die horen niet in school.'

'Mooi niet,' antwoordt Lola kattig. 'Ik ga echt niet op m'n sokken lopen.'

Meneer Vos zet zijn handen in zijn zij en steekt zijn kin in de lucht.

Dat wordt hommeles, begrijpt ze.

'Uit! zeg ik. Ik tel tot drie.'

Die toon kent ze, van haar vorige school. Lola zet zich schrap. Wil meneer Vos ruzie? Kan-ie krijgen!

Maar dan gebeurt er iets dat haar opkomende boosheid wegneemt.

Vlak voor het lokaal, draait meester Jan zich om naar Lola. 'Doe ze toch maar uit, meisje,' zegt hij kalm. 'Het geeft zo'n geklos op de vloer.'

Het komt door de rustige toon waarop hij het zegt. Meester Jan mag haar wél. Hij noemt haar 'meisje'. Da's wel wat anders dan 'lellebel', zoals de meester op de vorige school haar af en toe in het geniep toefluisterde.

Zonder verder te protesteren zet ze haar skates onder de kapstok.

Achter zijn rug trekt ze nog wel even een gek gezicht naar meneer Vos.

'Wat een ouwe zeur,' zegt Pamela. 'Ben ik blij dat wij meester Jan hebben en niet hem.'

Eindelijk wordt het rustig in de klas. Als Lola achterom kijkt, ziet ze dat Tony naar haar zit te staren. Onmiddellijk maakt hij grijpbewegingen naar haar.

Straks pak ik je. Na schooltijd, gebaart hij naar zijn horloge.

'Meester.' Stefan steekt dwingend zijn vinger op.

'Meester, wanneer mogen we een klassenavond houden?'

Zijn vraag verandert de klas in een gonzend wespennest.

'Ja! Een feest. Zaterdag! Mag het volgende week zaterdag, meester?'

Meester Jan trekt een nadenkend gezicht.

'Een klassenfeest... Dat moet ik eerst voorleggen aan meneer Vos. Waar willen jullie het feest dan houden?'

Even is het stil. Dan springt Tony op. 'In de kelder van school!'

Het voorstel wordt met gejuich begroet. 'Slingers meenemen, ballonnen, chips en muziek natuurlijk.'

Iedereen schreeuwt door elkaar.

Bij alle ideeën knikt de meester terwijl zijn ogen van de een naar de ander gaan.

Lola stoot met haar elleboog tegen Pamela.

'Dóén jullie dat hier op school? Een klassenfeest?'

Van enthousiasme zit Pamela op haar stoel te wippen. 'Dat mag alleen in groep 8. Hartstikke gaaf, joh.'

'Wacht,' zegt meester Jan. 'Zaterdagavond is geen goed idee, want dan kan ik niet. Misschien vrijdagavond. Maar dat moet ik wel eerst aan meneer Vos vragen. En aan meneer Andries natuurlijk! Jullie weten dat de conciërge op school altijd de baas is,' laat hij er met een knipoog op volgen.

'En,' gaat hij verder, 'jullie weten wat het betekent, hè? Eerst moet de kelder worden opgeruimd.'

Een klassenfeest... Lola denkt koortsachtig na. Vrijdag? Dat is al over een paar dagen. Wat doet ze aan? Op een feest moet je er leuk uitzien. Die spijkerbroek die ze nu aan heeft, is het nieuwste dat ze heeft. Al haar andere kleren zijn al behoorlijk afgeleefd.

Sinds ze in De Uitwijk woont krijgt ze een keer per maand zakgeld. Dat krijgt ze van de gemeente, die het tehuis voor wegloopkinderen betaalt. Maar na die tatoo is al haar geld al op.

'Pam,' fluistert ze. 'Ik heb niks om aan te trekken.'

Haar vriendin wuift alle bezwaren weg. 'Ben je gck, joh. Daar verzin ik wel wat op. Ik heb kleren zat. Dan doe je toch gewoon iets van mij aan?'

Diezelfde middag staan ze voor Pams kast. Opgewonden trekt Pamela de ene broek na de andere uit haar voorraad. De stapel op haar bed wordt steeds hoger.

Lola kan haar ogen niet geloven. Zoveel!

'Passen,' commandeert Pamela. 'Hier, deze broek met dit topje.' Ze kijkt kritisch toe als Lola de kleren aanprobeert.

'Nee, te wijd,' is haar conclusie. 'Doe maar weer uit.'

Hoe meer kleren Lola aanpast, des te somberder gaat Pam kijken.

'Zie je nou wel? Ik ben veel dikker dan jij.' Ze laat zich op bed neerzakken.

Zonder waarschuwing schiet de deur open. Pamela's moeder kijkt verbijsterd naar de enorme ravage in de kamer van haar dochter. Dan blijft haar blik rusten op Lola, die in haar onderbroekje staat.

In een reflex grijpt Lola een trui en houdt die voor haar buik.

'Pam, waar ben je mee bezig?'

'Hoi mam. Dit is nou Lola,' zegt Pamela. 'Je weet wel, uit mijn klas. We moeten iets leuks voor haar vinden. Voor vrijdag. Dan hebben we een klassenavond.'

De moeder van Pamela loopt verder de kamer in. Ze steekt haar hand uit naar Lola. 'Leuk om je nu in levenden lijve te zien, Lola.'

Lola geeft een hand. Met haar linkerhand drukt ze de trui steviger tegen zich aan.

'Nou...' De moeder laat haar ogen rusten op de trui. 'Nou, dan laat ik jullie maar verder modeshowtje spelen.'

Uiteindelijk vinden ze iets. Het is een lange, zwarte rok. Bij Lola komt hij tot haar kuiten. Hij is ook wat te wijd. Maar dat geeft niet. Thuis heeft ze nog wel een rare ceintuur.

'Vind je het echt goed dat ik die draag?' vraagt Lola.
'Tuurlijk,' zegt Pamela. 'Hij stond mij toch niet.'

Het geluk is bijna tastbaar. Ze ziet het als ze in de spiegel kijkt. Haar ogen glanzen. Ze voelt het als ze 's morgens wakker wordt. Het is een opwinding die al dagen duurt. Straks is het zover. Haar eerste klassenavond.

Klassenfeest

De kelder is opgeruimd. De hele middag zijn ze ermee bezig geweest.

Het is belangrijk, zei de meester, dat alle brandbare dingen werden weggehaald. Alle verfspullen staan nu dus boven.

De kelder is omgetoverd in een disco. Aan het plafond hangen de ballonnen. Tussen de slingers wapperen zelfs vlaggetjes.

Meester Jan heeft gezorgd voor echt discolicht. Zodra de muziek aangaat, flikkeren de lampjes mee op de maat.

Lola moet even wennen aan het duister.

Verrast kijkt ze naar haar eigen witte shirtje. Dat is leuk! Als het licht flikkert, licht haar shirtje op. Dat komt natuurlijk door de zilveren draden erin.

Zoiets moois heeft ze nog nooit gehad. Het is een cadeautje van Niels. Ze had hem natuurlijk uitgebreid verteld over het feest en vanmiddag riep hij haar naar de keuken.

'Hier,' zei hij. 'Van mij. Voor jou.'

Het was precies haar maat. Het staat fantastisch op de zwarte rok van Pamela. En met die grote ceintuur erom-heen...

'Je bent vanavond vast de mooiste,' zei Niels toen hij haar naar school bracht met zijn gele volkswagentje.

'Jeetje, Lola!'

'Pam!' juicht Lola. Ze wil haar vriendin omhelzen. Maar Pamela houdt haar op een afstandje.

'Je zei dat je niks had!'

'Cadeautje van Niels,' schreeuwt Lola boven de mu-ziek uit. Verbeeldt ze het zich nu of kijkt Pam een beetje boos?

'Gaaf hè? Vind je het mooi?'

Pamela knikt, zonder iets te zeggen.

De jongens zijn er ook al. Tony staat wijdbeens bij de draagbare stereo. Hij houdt zijn cola vast alsof het een biertje is. Zijn hoofd beweegt mee op de maat.

Ruud en Snoep zien haar nu ook. Ruuds gezicht wordt meteen één grote glimlach. Zijn duim gaat goedkeurend omhoog.

In het begin wordt er alleen maar gesnoept. Tony en Ste-fan delen zakjes pinda's en chips uit. Nanda's moeder heeft twee grote cakes gebakken. Snoep peuzelt de laat-ste kruimels op.

Halverwege de avond komt Christa's vader bitterbal-len en kaas brengen. De lege glazen op de oude piano stapelen zich op.

Lola danst. Ze moet wel. De muziek is precies haar smaak.

Haar enthousiasme slaat over op de andere kinderen. De jongens volgen als eersten haar voorbeeld. Dan doen ook de meisjes mee.

Tony zorgt ervoor dat hij steeds dicht bij Lola danst. Af en toe prikt hij plagend met zijn vingers in haar zij. Soms zakt hij op zijn knieën. Dan doet hij of hij in aanbidding voor haar neervalt.

Lola kan er wel om lachen. Dit soort plagerijtjes doet geen pijn. Als ze Tony zogenaamd hooghartig opzij duwt, komt hij grijzend weer overeind. Hij beweegt zich een beetje hoekig. Zijn vingers houdt hij gespreid alsof hij de hele klas dirigeert.

Zelfs meester Jan kan niet blijven zitten. Als Christa hem aan een hand overeind sjort, wordt er geklapt. 'Meester, meester, meester!'

Pamela heeft het gelukkig ook naar haar zin. Ze geniet als Tony haar in een wilde bui beetpakt en meesleurt. Met een opgewonden gezicht komt ze even later naar Lola.

'Zag je dat? Zag je wat Tony deed?'

Lola zakt neer op een van de kussens. Meteen komen de anderen om haar heen zitten. Ruud ook. Hij ziet er leuk uit in die nieuwe trui, vindt ze. Zijn haar hangt bijna tot in zijn ogen. Af en toe veegt hij het met een stoere beweging naar achter. Rudy is echt Ruud geworden.

'Weet je nog, in De Uitwijk?' begint Lola. 'Dat Bas Dekker jouw haar 's nachts had afgeknipt?'

Ruud knikt en trekt een baalgezicht. 'Of ik dat kan vergeten.'

'Hij is nu veel aardiger, hoor.'

Pamela wurmt zich tussen Ruud en Snoep. 'Waar hebben jullie het over?' vraagt ze. 'Was jij daar ook bij, Snoep?'

Snoep knikt. 'Maar ik ben blij dat ik daar weg ben.'

'Waarom?'

'Omdat ik het nu veel leuker heb.'

'Bij Ruud thuis?' Pamela's gezicht draait van de een naar de ander. Haar volle lippen staan een beetje van elkaar als ze verbaasd kijkt. Het is nog een echt babymondje, vindt Lola. Als ze nieuwsgierig is, likt ze langs haar lippen. Dan is het net alsof ze iets lekkers proeft.

43

Ruud slaat zijn arm om Snoep. 'Wat wij daar allemaal hebben meegemaakt...' zegt hij. 'Snoep is niet alleen mijn beste vriend, hij is nu ook mijn broer. Hè, Snoep?'

'Jep,' zegt Snoep. 'Leen-broers.'

Ruud geeft Snoep een dreun op zijn arm. 'Zeg dat wel.' Hij kijkt naar Lola en Pamela en wijst met de duim over zijn schouder naar Snoep. 'Die gozer leent alles van me. M'n cd's, mijn pyjama, m'n vader en moeder... En weet je wat het erge is? Ze vinden hem veel liever dan mij.' Hij grijnst tevreden naar Snoep. 'Omdat híj de tafel dekt en ik niet.'

'Omdat jij altijd naar de wc gaat op dat moment,' antwoordt Snoep. 'En dan blijf je wel een half uur zitten.'

Pamela is zichtbaar onder de indruk. Haar blik gaat naar Lola.

'Ik wou dat ik een leen-zusje had. Lo, kan jij niet bij ons komen wonen?'

Lola schiet in de lach. 'Jouw moeder wil niet eens een kat.'

Meester Jan kijkt op zijn horloge. 'Jongens, nog even,' zegt hij. 'Dan moeten we echt stoppen.'

'Nu al?' protesteert de klas in koor.

De meester is onverbiddelijk. 'Ik moet voor twaalf uur thuis zijn. Anders krijg ik van mijn vrouw op mijn kop.'

'Kom op, meester,' mengt Tony zich in het gesprek. 'Je laat je toch niet op je kop zitten door een *chick*?'

Achteraf kan Lola zich niet meer herinneren wie op het idee kwam. Tony? Of was zij het?

Ineens is het plan geboren. Het feest was gewoon té leuk om te stoppen.

Vier kinderen sluipen naar buiten. Lola voorop.

In de kelder gaat het feest gewoon door. Buiten kun je de muziek horen. Een dof, eentonig gedreun.

De fietsen in de fietsenstalling staan netjes op een rij.

'Dit is 'm,' zegt Daan. 'Dit is de fiets van de meester.'

Huib is de enige die zo'n grote gekronkelde fietsketting heeft. Hij haalt de ketting van zijn eigen fiets. Intussen tilt Tony de fiets van meester Jan aan de achterkant op en zet hem ergens anders. Huib maakt de fiets met zijn ketting vast aan het hek.

'Knappe jongen als hij die los krijgt,' zegt Huib terwijl hij het sleuteltje in zijn zak steekt.

Ze zijn weer terug in de kelder voor iemand hun afwezigheid heeft opgemerkt.

De muziek wordt nu wat rustiger. In een hoekje van de kelder beweegt Lola op de maat van de muziek. De avond is perfect. Al die blije gezichten om haar heen... Ze voelt zich soezerig, als een kind dat wordt gewiegd.

Meester Jan heeft het felle discolicht uitgezet. Nu branden alleen nog de kaarsjes op de piano.

Nanda en Huib dansen samen. Nanda's hoofd rust op Huibs schouder.

'Lekker *slowen*,' roept iemand.

Ineens is daar Tony. Zonder iets te zeggen pakt hij Lola bij haar middel. Zijn handen beven, voelt ze. Als ze hem aankijkt, wendt hij zijn ogen af, maar trekt haar dichter naar zich toe. De muziek is zó mooi. Even vergeet Lola de kinderen om zich heen. Tony is leuk. De hele avond heeft hij haar geen moment uit het oog verloren.

'Jij kunt echt goed dansen,' fluistert hij. 'Waar heb je dat geleerd?' Zijn gefluister kriebelt in haar oor.

Lola voelt zijn haar, dat langs haar wangen aait. Precies even groot zijn ze.

Dit nummer moet eeuwig duren. Zo fijn voelt ze zich.

Langzaam beweegt Tony zijn gezicht naar haar. Zijn adem streelt haar gezicht. Dan, vlak voor de muziek stopt, drukt hij plotseling zijn lippen op haar mond.

In een reflex wendt Lola haar hoofd af. De kus veegt van haar lippen naar haar rechter mondhoek. Het bloed stijgt naar haar gezicht.

'Zoenen!' schreeuwt Daan. 'Ze zoenen.'

Verschrikt kijkt Lola om zich heen. Ze hebben het gezien!
Zonder iets te zeggen maakt ze zich los uit Tony's omhelzing.
Meester Jan glimlacht als hij haar verwarring ziet. 'Het is tijd jongens,' zegt hij. 'We moeten opruimen.'
Zonder pardon doet hij de tl-verlichting aan.
'Nee, meester!' klinkt het alle monden. 'Nog niet.'
Lola heeft het gevoel dat ze vanuit een warm bad ineens in het koude wordt gegooid. Ze durft niet eens naar Tony te kijken.
Ze hebben gezoend! Voor het eerst in haar leven heeft een jongen haar gezoend. De stoerste jongen uit de klas... hij vindt haar leuk! Echt leuk!
Meester Jan blaast de kaarsjes uit. Hij trekt zich niets aan van het gesmeek van de kinderen.
'Jij raapt de bekertjes bij elkaar,' zegt hij. 'En jullie dragen de kussens naar boven. En jullie...'
Lola begint met het stapelen van de bordjes.
Ineens is daar het gezicht van Pamela. 'Hebben jullie echt gezoend?' vraagt ze. De ogen van haar vriendin zijn kogelrond van verbazing.
'Echt?'
Lola knikt. 'Een beetje.'
'Zo hé,' is het enige wat Pamela kan uitbrengen.

Het is bijna twaalf uur. De meester inspecteert de kelder.
'Doe voorzichtig met die verfspullen,' zegt hij. 'Er branden toch geen kaarsen meer, hè?'
Nog een keer werpt hij een blik in de ruimte. Het is niet te geloven. De eerst zo gezellige disco is weer een kale benedenverdieping. Hij draait de deur op slot en legt de sleutel boven op de deurpost.

Het licht van de buitenlamp die boven de schooldeur hangt, schijnt fel en nuchter.

Buiten staan al een paar kinderen. Ze lachen samenzweerderig. Huib heeft verteld van hun grap, begrijpt Lola.

Iemand begint spontaan het schoollied te zingen. De rest valt onmiddellijk in.

Onze school gaat nooit verloren.
Knoop het in je oren.
Van achter en van voren.
Schrijf het op de ruiten.
Van binnen en van buiten.
Plak het op de muren.
Vertel het aan de buren.
Onze school gaat nooit verloren...

'Oké dames en heren,' zegt de meester als het lied verstomt. 'Wie wordt opgehaald?' Bij het hek van de school staan al een paar ouders te wachten.

Niels is er nog niet, ziet Lola.

De meester loopt naar zijn eigen fiets. Als hij die niet direct ziet staan, kijkt hij speurend om zich heen.

Tony komt naast Lola staan. Hij stoot haar aan. Hier en daar wordt stiekem gelachen.

'Wat is er, meester?' vraagt Daan. 'Fiets kwijt?'

De meester steekt waarschuwend een vinger in de lucht.

'Oké, wie heeft mijn fiets verzet?'

'Nu kunt u niet naar huis, hè, meester?' giechelt Christa. 'Zullen we weer verder feesten?'

'Daar.' De meester wijst naar zijn fiets. 'Potjandorie, wie heeft dat gedaan?' Hij rukt aan de dikke fietsketting. 'Schurken!'

Het gejuich barst los. 'Meester, meester, meester!'

In een paar sprongen is Tony boven op de fietsenstal-

47

ling geklommen. Hij steekt zijn hand uitnodigend uit naar Lola. Voor ze het beseft staat ze ook boven op het afdakje.

Stefan zet zijn stereo op de grond en drukt een toets in.

Het dwingende ritme van de muziek dendert over het schoolplein.

'Dansen!' schreeuwt Huib.

Lola reageert onmiddellijk. Ze danst als een lenige kat in het licht van de maan. Het is een perfecte afsluiting van een volmaakte avond. Ze danst en Tony beweegt als een schaduw om haar heen.

De meester schudt zijn hoofd. Zogenaamd hulpeloos steekt hij zijn handen in de lucht.

Pas als het nummer is afgelopen, zet hij de muziek uit.

'Genoeg gefeest. Straks krijgen we nog ruzie met de politie.'

Het komt door de toon in zijn stem. Het is nu echt het einde, snapt Lola.

Tony begrijpt ook dat het nu menens is. Vol bravoure springt hij van het afdakje.

Meester Jan steekt zijn handen uit naar Lola.

'Kom op, feestbeest. Jij ook.'

Lola gaat op de fietsenstalling zitten. Gewillig laat ze zich in de armen van de meester glijden.

Maar dan gebeurt het. Haar nieuwe T-shirt blijft haken. Ze voelt hoe het aan de voorkant omhoog kruipt. De tattoo! Met een hand rukt ze de stof los.

De meester zet haar op de grond.

'Rebèl?' fluistert hij. 'Nou, dat past echt bij je.'

Lola voelt het bloed naar haar gezicht stijgen. Hij heeft de tattoo gezien.

'En nu mijn fiets,' zegt de meester hardop.

Nog even doen ze of niemand het sleuteltje heeft. Maar als er steeds meer ouders ongeduldig worden, maakt Huib de fiets toch maar los.

De meester geeft hem een klap op zijn schouder. 'Origineel. Dat moet ik toegeven,' zegt hij.

Daar is Niels. Hij staat aan de overkant. Kom je? gebaart hij naar Lola.

'Was het leuk?' vraagt hij als ze bij hem in de auto stapt. Hij start de motor. 'Zeg maar niks, je ogen zeggen al genoeg.'

'Tony. Tony,' fluistert ze. Tony met zijn zwarte haar, zijn stoere grijns. Zijn bevende handen toen hij haar vastpakte.

Als ze aan hem denkt, trekt er een rilling over haar rug.

Lola trekt de deken verder over zich heen. De meisjes op haar kamer slapen al.

Het is al vreselijk laat, maar slapen kan ze niet. Met wijd opengesperde ogen staart ze in het duister. Morgen moet ze Pamela alles vertellen. Morgen.

Zwerfkat

Pamela's moeder doet de deur open.

'Zo,' zegt ze als ze Lola ziet staan, 'was het leuk, jullie feest gisteravond?'

Lola voelt dat ze een rood hoofd krijgt. Pamela zal haar moeder toch niet alles hebben verteld?

Achter haar moeders rug dendert Pamela de trap af.

'Hoi, kom op, naar boven.'

Zodra ze de deur van haar kamer dicht heeft gegooid, barst ze los.

'Is het nou aan met Tony? Ja hè?' Pamela likt haar lippen af. 'Vertel nou! Zoende hij of begon jij?'

'Hier is je rok.' Lola legt hem op Pams bed.

Pamela zakt neer op haar bed. 'Hij stond jou veel leuker dan mij.'

'Bedankt voor het lenen. Ik heb ook iets voor jou...'

Lola heeft er goed over nagedacht. Toen ze vanmorgen wakker werd, heeft ze liggen nadenken wat ze Pamela zou geven.

Iets waaruit blijkt dat ze vrienden zijn. Eerst dacht ze

aan het beertje dat ze om haar nek heeft hangen. Maar dat is al zo oud. Toen overwoog ze een kaart waarop ze iets zou schrijven. Zoiets als *'Friends forever'*. Vrienden voor altijd.

Pas toen ze voor de spiegel stond, wist ze het. Het hartje van glas dat ze ooit voor haar verjaardag heeft gekregen.

Het is een hartje van fijn geslepen kristalglas. Als je het in het zonlicht houdt, schittert het. Wanneer je het maar even beweegt, spatten alle kleuren van de regenboog in het rond.

'Kijk,' zegt ze als ze het voor haar vriendin neerlegt. 'Voor jou. Omdat ik jouw rok mocht lenen. Of eigenlijk omdat we vriendinnen zijn.'

Pamela's ogen worden kogelrond. 'Wauw,' zegt ze. Ze pakt het hartje op en draait het naar het licht. Het twinkelt als een ster. 'Echt waar?'

'Omdat we vriendinnen zijn. Voor altijd.'

Pamela vergeet op slag al haar gevraag. 'Ik heb nog wel een kettinkje waar het aan kan.' Meteen gaat ze op zoek.

Als ze het om haar nek heeft gehangen, strijkt ze er liefkozend over met haar vingers. 'Ik zal het voor eeuwig dragen,' zegt ze plechtig. 'Ik heb nog nooit zoiets moois gehad.'

Er is niets fijners dan smoezen met je vriendin. Opgekruld in de grote rotanstoel op Pamela's kamer vertelt ze. Van de eerste zoen. Van Tony's trillende handen.

Pamela luistert met open mond.

'Ik wist het wel,' zegt ze ten slotte. 'Tony vond je meteen al leuk. Ik zag het al toen je de eerste dag bij ons op school was.'

Ineens springt ze op. 'Heb je dat potlood bij je? Dat zwarte, voor je ogen?'

'Hoezo?' Lola voelt in de zak van haar jas. Er zit een

stukje kauwgom in, een paperclip, een zakdoek, de huis-sleutel... 'Ja,' zegt ze, 'hier is het.'

Pamela wil weten hoe het bij haar staat. Ze spert haar ogen wijd open.

Met een geroutineerd gebaar tekent Lola twee dunne lijntjes.

Maar dat is raar. Nu lijkt het net of Pamela zojuist heeft gehuild.

'Zie je nou wel,' barst Pam los. 'Nou zie ik eruit als een spook. Waarom staat het bij jou dan wél?'

Lola krijgt niet eens de kans om te antwoorden.

Pamela's moeder, die de deur open doet, staart geschokt naar haar dochter.

En dan naar Lola, die het potlood nog in haar hand heeft.

Ze hapt even naar adem. 'Is dat jouw werk?' vraagt ze met een hooghartige blik. 'Het spijt me zeer, Lola. Maar ik wil niet dat mijn dochter eruit ziet als een... als een zwerfkat. Wat jij doet, is jouw zaak. Maar dít wil ik niet hebben. Pam, haal onmiddellijk die rommel van je gezicht. En dan wil ik dat jij...' Haar vinger prikt in de richting van Lola. 'Dat jij weer naar huis gaat. We moeten zo dadelijk naar oma.' Met een klap gaat de deur weer dicht.

Lola's hart wordt zo koud als ijs. Het komt door de blik in de ogen van Pams moeder.

Ze vindt me slecht. Ze haat me, denkt Lola.

Weggestuurd. Een zwerfkat, zei ze. Zo zien de meeste volwassen mensen haar. Ze is een kat waar je naar schopt.

Wat een heks, die moeder van Pamela. Zoals ze haar naam uitsprak!

'Het spijt me zeer, Lola...' doet Lola op dezelfde toon na. Zó neerbuigend, zo minachtend...

Ze had dat mens meteen moeten terugpakken. Sorry

hoor, mevrouw Bartels, had ze moeten zeggen, maar als je dochter er later net zo uit gaat zien als jij... Wát een tut.

Lola geeft een nijdige schop tegen haar trapper. Daar gaat haar leuke zaterdagmiddag. Nu moet Pamela ineens naar haar oma. Daar had ze met geen woord over gerept. Dat heeft die moeder natuurlijk ineens verzonnen.

Wat nu? Terug naar De Uitwijk heeft geen zin. Daar houden ze een kinderfeestje. Ze weet precies hoe het gaat. Zodra zij binnenkomt kan ze limonade gaan schenken. Of de rest gaan zitten vermaken. Dan moet ze weer een of ander gek omaatje nadoen. Daar moeten ze altijd zo om lachen.

Nee, dit keer niet. Er valt niets te lachen. Ineens is alle glans ervan af.

Ze begint te fietsen. Zonder doel, zonder zin.

De wind duwt in haar rug. Ineens lijkt de stad een bijeengeraapt zooitje huizen en flatgebouwen, bijeen gehouden door lange lappen asfalt.

Nu ben ik echt een zwerfkat, denkt ze.

'Hé, Lola. Wat doe jij hier?'

Lola schrikt op uit haar gepeins.

Het is Stefan. Hij stuurt zijn fiets pal naast haar. 'Woon je hier in de buurt?'

Lola kijkt om zich heen. Ze heeft geen idee waar de wind haar naartoe heeft gevoerd.

'Nee,' zegt ze. 'Ik ben zomaar een eindje aan het fietsen.'

Stefan bekijkt haar van opzij. 'Het was leuk hè, gisteren?' Lola's hart maakt een sprongetje. Tony! Ze knikt. Gisteren wás ook leuk.

'Woon jij hier ergens?' vraagt ze.

Stefans hand gaat in de richting van de brug. 'Tony woont daar, achter de brug, in de dichtersbuurt. 'Heb je zin om mee te gaan?' vraagt hij. 'Dat vindt Tony vast wel leuk.' Hij lacht er veelbetekenend bij.

53

'Nou, kweetniet,' zegt Lola. 'Ik eh...'

'Ach, kom op, joh.'

Stefan stuurt zijn fiets de brug op. Af en toe kijkt hij opzij of ze nog wel volgt.

Onder aan de brug buigen ze rechtsaf. Na een lange rondweg komen ze terecht in een woonwijk met verkeersdrempels.

'Daar,' wijst Stefan ten slotte. 'In dat onwijs dure huis woont Tony.'

Lola knippert met haar ogen. Geen wonder dat Tony altijd het nieuwste van het nieuwste heeft. Zijn ouders moeten wel erg rijk zijn.

Stefan zet zijn fiets tegen de garagedeur. Lola blijft bij de oprit staan.

Dus hier woont Tony. De gebloemde gordijnen van de woonkamer zijn aan de zijkanten half opgetrokken. Op de vensterbank staan twee grote stenen bloempotten met een paar enorme planten. Zelfs van een afstand kun je zien dat het nepplanten zijn. De stenen beeldjes ertussen zijn ronduit lelijk, vindt Lola.

Ineens heeft ze reuze spijt dat ze zich heeft laten overhalen. Wat zal Tony nu denken? Dat ze hem achterna loopt?

Nog voor Stefan heeft aangebeld, zwaait de deur open.

Tony steekt zijn hand omhoog en zijn vriend geeft er in de lucht een klap tegen.

Op datzelfde moment ziet Tony Lola staan. De verbazing is van zijn gezicht te scheppen. Het lijkt of hij een beetje rood wordt. 'Hé, Lola!' Hij steekt zijn hand op.

De twee jongens smoezen even. Dan grijpt Tony zijn jack van de kapstok en haast zich naar buiten.

Als ze de wijk uitrijden proberen Tony en Stefan elkaar van de weg af te drukken.

Echt jongensgedrag, vindt Lola. Was Pamela er nou

maar. Dan konden ze er samen gekheid over maken. Samen is alles veel leuker.

Elke keer als Stefan zijn fiets ternauwernood recht kan houden, kijkt Tony achterom, naar haar.

Waarom moeten ze altijd zo stoer doen?

'Hé jongens,' roept ze. 'Weet je wat? Gaan jullie maar lekker door met raggen. Ik ga wel naar huis.'

Maar daar wil Tony niets van weten. Hij komt naast haar rijden en legt zijn hand op haar rug.

'Hé,' zegt hij. 'Ik heb geld bij me. We gaan een ijsje eten of zo. Heb je daar zin in?'

Lola aarzelt. 'Roomijs, mét spikkeltjes?' vraagt ze. 'Oké. Maar daarna ga ik echt naar huis.'

De snackbar is in een totaal andere wijk, aan de overkant van de brug. Vlak voordat ze er naar binnen gaan, slaat Tony zijn arm om Lola heen. Hij gedraagt zich als een echte bink.

Het lijkt wel of hij alle jongens in de snackbar kent. Ze zijn stuk voor stuk veel ouder dan Tony en Stefan, maar ze begroeten hen met gejuich.

Nieuwsgierig bekijken ze Lola.

'Zo, Tony, is dat je *chick*?' Iemand fluit bewonderend.

Met een stalen gezicht trekt Tony zijn portemonnee en bestelt tien ijsjes.

Lola krijgt de eerste. Ze gaat op een barkruk zitten en likt aan de lekkernij.

De jongens zijn in een uitgelaten bui. Een van hen duwt zijn ijsje in het gezicht van een ander. Het slachtoffer neemt onmiddellijk wraak. Hij gooit een klodder slagroom op de jas van zijn vriend. Iemand anders slaat er met zijn volle hand op, zodat de spetters in het rond vliegen. Lachen!

'Hé,' schreeuwt de snackbarman, 'daar is mijn ijs niet voor bedoeld. Als jullie willen klieren, ga dan maar naar buiten.'

55

Lola verlaat als laatste de snackbar. Met het ijsje nog in haar hand.

Even verderop, op de hoek van de straat, staan de jongens elkaar lachend te verdringen voor een straatspiegel.

'Moet je mij zien!' schreeuwt Stefan, die op en neer staat te springen.

'Waarom lachen jullie zo?' wil Lola weten.

'Moet je kijken! Mijn gezicht lijkt wel twee keer zo breed.'

De spiegel, waardoor je kunt zien of er een auto om de hoek komt, vervormt de gezichten op een komische manier. Het is net een lachspiegel op de kermis.

'M'n hoofd lijkt net een ei,' vindt iemand.

'Je bént ook een ei,' zegt Tony.

'En jij dan? Je lijkt wel een giraf.'

Lola gaat ook voor de spiegel staan. Voor ze beseft wat er gebeurt, grijpen Tony's armen om haar middel en wordt ze opgetild. Als ze haar hoofd beweegt, ontstaat er in de spiegel bovenop een grote bult. Ze schiet in de lach.

'Ik lijk wel een smurf.'

Tony zet haar weer op de grond. 'Jee, jij weegt ook niks,' zegt hij. 'Ik kan je met één vinger optillen.'

'Opschepper,' zegt Lola lachend.

'Hé, jongens,' roept Tony. 'Wie heeft er zin een partijtje zooien?'

Zijn vraag heeft een vreemd effect op de jongens. Op slag is hun belangstelling voor de lachspiegel verdwenen. Opgewonden beginnen ze door elkaar heen te schreeuwen. Twee jongens bonken als twee hanen met hun borstkassen tegen elkaar.

'Hoeveel heb je, Tony?' vraagt de grootste jongen.

'Tientje per ronde,' antwoordt Tony.

'Onder de brug. Ik tegen Bob. Of tegen Victor,' zegt de grootste jongen.

Lola trekt een verbaasd gezicht. 'Zooien? Wat is dat nou weer?' wil ze weten.

'Jaaah,' doet Tony geheimzinnig. Hij haalt zijn portemonnee tevoorschijn. Vlak voor Lola's gezicht. Een indrukwekkende stapel bankbiljetten zit erin.

Lola hapt naar adem. 'Hoe kom je dáár nou aan?'

'O, gewoon. Gevonden.'

'Gevónden?' vraagt Lola. 'Waar dan?'

'Uit de muur, bij de bank.' Tony haalt onverschillig zijn schouders op. 'Heeft een of andere sukkel laten zitten.'

'Maar...'

Voordat Lola verder kan vragen, zijn de jongens al op de fiets gesprongen.

Het is raar, maar ineens heeft het ijsje een nare bijsmaak.

Gebogen over het stuur van haar fiets, op een afstandje, volgt Lola het vreemdste spel dat ze ooit heeft gezien.

Onder de brug hebben de jongens hun jassen op de grond gegooid. De grootste, die Carlo blijkt te heten, rolt met zijn schouders. Het lijkt of hij zich voorbereidt op een bokswedstrijd.

De ander, Victor, maait met zijn armen door de lucht.

Tony staat in het midden. Tussen de twee oudere jongens lijkt hij ineens een klein ventje.

'Klaar?' vraagt hij.

De jongens knikken.

'Nu!' schreeuwt Tony, en hij springt opzij.

De twee jongens duiken boven op elkaar. Victor deelt de eerste klap uit. Als antwoord geeft Carlo hem een geweldige knal voor zijn hoofd.

Lola deinst geschrokken achteruit. Niet doen! wil ze roepen. De omstanders juichen. Als een stel opgehitste honden springen ze om het vechtende tweetal heen.

De twee jongens doen hun uiterste best om elkaar zo hard mogelijk te raken. Victors hoofd gaat als een boksbal heen en weer. Als hij even achteruit wankelt, wordt hij meteen terug geduwd. Door de vaart duikt hij midden in de buik van Carlo, die dubbelklapt en zijn evenwicht kwijtraakt. Aangespoord door de anderen stort Victor zich boven op hem. Het vechtende duo rolt over de grond.

'Hou op!' gilt Lola. Maar het geluid uit haar samengeknepen keel gaat verloren in het gejoel.

Bijna verbaasd ziet ze hoe Tony als een dwaas om de vechtende kluwen springt.

Tony? Is dat Tony? Tussen Lola's wenkbrauwen vormt zich een diepe rimpel. Is dát nou die leuke jongen? Hij lijkt wel een dol geworden aap! Zijn gezicht is vertrokken van een vreemd soort opwinding. Zijn ogen... wat is dat voor griezelige uitdrukking?

Hij is helemaal niet *cool* meer. Eng is-ie!

Even kan ze niet goed zien wat er gebeurt. De omstanders hebben nu een gesloten kring gevormd.

'Op z'n smoel,' hoort Lola iemand roepen.

Met haar handen bedekt ze haar oren. Vol afschuw wendt ze haar hoofd af. Noemen ze dít spel? Dit is pure waanzin!

Plotseling valt er een alarmerende stilte.

Als Lola kijkt, ziet ze dat de jongens een beetje dom grinnikend naar de grond staren.

In het midden ligt Victor.

In triomf heft zijn tegenstander zijn armen in de lucht.

'Gewonnen,' schreeuwt hij.

De andere jongens slaan hem op zijn schouder. Ze wijzen naar de grond en lachen!

Victor blijft nog steeds liggen.

Lola gooit haar fiets op de grond en rent op het groepje af.

Doodsbang wringt ze zich tussen de jongens door.

Het slachtoffer heeft zijn ogen gesloten.

'Hufter, je hebt hem doodgeslagen!' gilt ze naar Carlo.

Zooien

Verbijsterd kijkt ze naar het bleke gezicht van de jongen op de grond. Langs zijn oog loopt een rood straaltje bloed. Zijn onderlip puilt uit als een overrijpe tomaat.

'Tientje voor Carlo,' klinkt de nuchtere stem van Tony naast haar. 'Eerlijk gewonnen.'

Hij overhandigt het geld aan Carlo, die er heel overdreven een kus op drukt.

Lola moet bijna overgeven als ze naast Victor neerzakt. De jongen heeft nog steeds zijn ogen gesloten.

In paniek begint ze aan hem te schudden. 'Word wakker. Alsjeblieft, niet doodgaan.'

Door haar gerammel komt Victor weer langzaam bij. Verbaasd knippert hij met zijn ogen.

'Hé, *looser*,' zegt Tony lachend. 'Volgens mij ging je echt *knock-out*.'

'*Looser*?' barst Lola los. 'Vind je dat nog leuk ook? Hij had wel dood kunnen zijn!'

Tony haalt onverschillig zijn schouders op. 'Zooien is ook niks voor meisjes.'

Hij keert zich tot de andere jongens. 'Nog een rondje zooien?' vraagt hij. 'Of iets anders?'

'Ben jij gek, of zo?' Lola kan het gewoon niet geloven.

'Maak je niet zo druk,' zegt Tony. 'Dit doen we wel vaker. Ze willen het toch zelf?'

'Voor geld?! Ze laten zich in elkaar rammen voor geld?!' Lola hapt naar adem. 'Jij, jij, je bent...'

Tony doet net of hij haar niet meer hoort. Opnieuw heeft hij een bankbiljet uit zijn portemonnee getrokken. Hij wappert ermee voor de gezichten van de anderen.

'Twintig voor wie de brug durft te beklimmen.'

'De brug?' Alle blikken gaan in de richting van de brug.

Het verwachte gejuich blijft uit.

Stefan zuigt zijn adem hoorbaar naar binnen.

'De brug?' vraagt hij vol ontzag.

'Ja,' antwoordt Tony onverstoorbaar. 'Langs de zijkant.'

Stefan wrijft met zijn hand langs zijn kin. 'Da's wel linke soep hoor.'

'Jij, Bob?' vraagt Tony aan de jongen naast hem.

Bob doet geschrokken een stap naar achter.

'Voor het dubbele?' dringt Tony aan.

Met grote angstogen staart Lola naar de bogen van de brug.

Een wee gevoel komt in haar maag. Dat is pure zelfmoord, begrijpt ze.

Ze ziet dat Bob nog aarzelt ook.

'Je bent gek als je dat doet,' fluistert Lola. 'Je valt hartstikke te pletter.' Haar blik flitst naar Tony, die nu grijnzend met twéé briefjes van twintig wappert.

'Idioot. Je bent hartstikke gestoord,' sist ze.

Bob kijkt opnieuw naar boven, zijn mond half geopend. Het lijkt erop dat hij serieus zijn kansen inschat.

'Ik ga nu naar de politie,' zegt Lola hard genoeg zodat iedereen het hoort. 'Jullie zijn knettergek.'

Ze springt op de fiets en begint wild te trappen.

Maar dan lijkt het alsof er een rem op zit. Bijna valt ze over haar stuur.

Het is Tony. Hij heeft haar bagagedrager vastgepakt.

'Kom op, pop,' zegt hij lachend. 'Het was maar een geintje.'

'O ja? Een geintje?' tiert Lola. 'Moet je opletten hoe leuk het wordt als de politie komt.'

Met een ruk trekt ze haar fiets los uit Tony's greep.

'Lola!' schreeuwt Tony achter haar.

Met een wild bonkend hart trapt Lola de pedalen van haar fiets rond. Ze heeft geen idee waar ze precies is. En al helemaal niet waar het politiebureau is.

Maar ze moet voorkomen dat er ongelukken gebeuren. Kon ze nu maar even ergens bellen.

Inmiddels is ze bijna weer bij de bewoonde wereld.

Daar misschien! In de verte is een benzinestation. Lola hijgt van inspanning en angst.

Hoe lang zou het duren voordat ze die Bob tóch hebben overgehaald?

Had ze nu maar snellere fiets.

Op haar opoefiets fietst ze zo hard als ze nog nooit heeft gefietst. Nu moet ze nog de weg oversteken. Maar er is geen oversteekplaats naar het benzinestation. De auto's flitsen voorbij.

Net als ze op het punt staat om over te steken, hoort ze achter zich gejoel. De jongens! Ze zijn haar achterna gekomen. Even overweegt Lola om dwars door het verkeer...

'Lola!' schreeuwt Tony. 'Lola, wacht!'

'Nooit, never, nooit,' fluistert Lola. Ze springt opnieuw op haar fiets en begint wild te trappen.

De jongens komen steeds dichterbij. Dan maar verder racen, denkt Lola. Zolang ze haar achterna zitten, zijn ze tenminste ver weg van die akelige brug...

Ribbels

De maandagmorgen begint met een plensbui. Haar korte spijkerjasje is binnen de kortste keren doorweekt. Lola
schudt haar hoofd. Dikke druppels vallen op haar handen.

Het liefst was ze in bed blijven liggen. Het idee dat ze
straks oog in oog staat met Tony zorgt voor ribbels in
haar maag.

Pas toen ze thuiskwam, heeft ze begrepen wat voor
jongen Tony is. Het kwam door dat geld. Hij voelde zich
machtig. Nee, erger nog, hij kickte erop, voelde zich de
baas over die andere jongens. Hij kon ze laten doen wat
hij wilde. Hoe ver zou hij daarmee gaan?

Ze moet erover praten met Pamela. Die zal er ook wel
van schrikken. Waren ze die zaterdagmiddag maar
samen geweest...

Lola kijkt op de klok van de kerktoren. Opschieten!
Straks komt ze nog te laat.

Vlakbij school schrikt ze op van een autoclaxon. Het is
de meester. Als hij haar passeert, steekt hij zijn hand op.

Mooi zo, denkt Lola. Hij is al net zo laat.

Nog voor de meester uit zijn auto stapt, staat ze al op het schoolplein. De meeste kinderen zijn al binnen.

Pamela is er nog niet, ziet Lola in één oogopslag. En Tony ook niet.

Ze loopt de klas in en gaat zitten. Met haar handen drukt ze het regenwater uit haar haren en maakt er nieuwe pieken in.

Even later komt de meester gehaast de klas in. Pas als iedereen al lang en breed zit, komt Pamela binnen. En pal daarachteraan Tony.

Tony geeft haar een mislukte knipoog. Lola doet net of ze niets merkt.

Pams haar is nog kurkdroog. 'M'n moeder heeft me met de auto gebracht,' legt ze uit. Ze heeft een kleur op haar wangen als een pasgewassen baby.

Lola kan bijna niet wachten tot het pauze is. Praten moet ze, met Pam. Maar steeds als ze Pam aanstoot is daar de meester die zijn vinger waarschuwend voor zijn mond houdt.

'Let nou even op, meiden,' zegt hij.

Achterom kijken, naar Tony, wil Lola niet. Misschien gaat hij dan weer naar haar zitten seinen. Hoe moet ze dan reageren? Doen of hij niet meer bestaat? Het lukt maar niet om aan iets anders te denken.

'Zeg, Rebèl,' klinkt de stem van meester Jan ineens pal naast haar. 'Waar zit jij met je gedachten?'

Hij noemt haar Rebèl! Geschrokken kijkt ze naar Pam. Die kijkt verbaasd op, maar buigt zich dan weer ijverig over haar aardrijkskunde.

Eindelijk gaat de bel voor de pauze. Het regent nog steeds. Dat is pech hebben. Het betekent dat ze naar de aula moeten.

Net als ze op het punt staat om het lokaal te verlaten,

zegt de meester: 'Lola, kan ik je zo even spreken?'

Ook dat nog!

Met een zucht van ergernis blijft Lola wachten in de klas.

'Het duurt maar heel even,' zegt meester Jan. 'Ik wil je vragen of je wat extra les wilt hebben in rekenen. Ik heb gezien dat je nogal moeite hebt met de redactiesommen. Als je wilt, kan ik je wat bijlessen geven. Dan ben je in de kortste keren weer bij. Goed?'

'Moet dat?' Ze heeft wel andere dingen aan haar hoofd. Ze wil nu alleen maar praten met Pam.

'Het lijkt me het beste.' Meester Jan slaat een boek open. 'Kijk,' zegt hij en hij wijst een paar rijen sommen aan. 'Als we die nu eens goed gingen oefenen, dan...'

'Wanneer dan?' vraagt ze om er zo snel mogelijk van-af te zijn.

'Woensdagmiddag? Na schooltijd.'

'Mij best. Kan ik nu weer gaan?'

De meester glimlacht. 'Ja, ga maar, Juffrouw Onge-duld. Je vrienden wachten zeker al? Ik ben blij dat je het hier naar je zin hebt, meisje.'

Lola rent de klas uit.

Maar daar, in de aula, wacht haar een teleurstelling. Pam zit inmiddels met Tony te praten, hun hoofden dicht tegen elkaar aan.

'Hier, Lola,' roept Ruud aan de andere kant van de aula. Hij klopt met zijn hand op de plaats naast hem. 'Kom je hier zitten?'

Lola aarzelt even. Dan, als ze ziet dat Pamela haar hoofd wegdraait, loopt ze toch maar naar Ruud.

Wat zit Pam nou toch te smoezen met Tony?

Als vanzelfsprekend schuift Snoep een stukje op, zodat Lola tussen hen in kan zitten.

'Wat is er?' vraagt Ruud als ze naast hem neerplof. 'Baal je?'

Heel even overweegt Lola om alles aan Ruud te ver-

65

tellen. Over de mislukte middag bij Pamela, over het bezopen spel van Tony en zijn vrienden. Maar in plaats daarvan blijft ze staren naar haar vriendin, die weer in een druk gesprek met Tony is verwikkeld.

Ruud volgt haar blik. 'Wat is er? Heb je ruzie met Pam?' vraagt hij.

Lola schudt haar hoofd. 'Nee, waarom denk je dat?'

'Jullie zijn altijd samen. Daarom.'

Lola haalt haar schouders op.

'Trek het je niet aan,' zegt Ruud. 'Pamela is net een zwabber.'

'Een zwabber?'

'Ja, ze zwabbert van de een naar de ander.' Ruud steekt een halve boterham in zijn mond. De andere helft geeft hij aan Lola.

'Lekker hoor, pindakaas met suiker,' zegt Snoep.

Lola neemt een hap van het brood. Zo hoeft ze even niets te zeggen. Intussen kijkt ze met een schuin oog naar Pamela. Maar Pam zit nog steeds druk met Tony te praten.

Pas als de pauze bijna voorbij is, staat Pam op en komt haar richting op.

'Ga je mee naar de klas?' vraagt ze. Met haar hand maakt ze een beweging alsof ze een pratende mond nadoet. Even praten, betekent dat.

Lola veert op.

'Sorry hoor,' zegt Pamela zodra ze alleen zijn, 'maar Tony wilde met me praten, zei hij vanmorgen. Hij stond me op te wachten bij de kapstokken.'

'Wat had-ie?'

'Het ging over jou. Hij zei dat hij verkering met je wil.'

'Zegt-ie dat?'

'Ja, ik moest vragen of je wil.' Pamela's ogen hebben een koortsachtige gloed. 'Spannend, hè?'

'Heeft hij niet verteld wat er is gebeurd?'

66

Pamela gaat boven op haar tafeltje zitten. 'Zaterdag? Ja. Hij zei dat je naar zijn huis bent gekomen. Heb je dat écht gedaan, Lola?'

'Ja, stom hè?' zegt Lola. Zie je wel, Tony denkt dat ze hem achterna liep. 'Ik kwam Stefan toevallig tegen.'

'Hij zegt dat je daarna helemaal uit je dak ging omdat ze je voor de gek hebben gehouden.'

'Voor de gek gehouden?' Lola spert haar ogen wijd open. 'Pam, weet je wat die gekken deden? Eerst liet Tony die jongens mekaar in elkaar slaan. Voor geld! Het was doodeng. En later wilde hij dat ze...'

'Ben je mal, joh,' onderbreekt Pam haar. 'Het was allemaal gespeeld, zegt Tony.'

'Gespeeld? Er was helemaal niks nep aan,' barst Lola los. 'Het was hartstikke menens! Als Tony zijn zin had gekregen was een van die jongens nu misschien wel dood geweest. Ik schrok me een ongeluk.'

Dan vertelt ze precies wat ze heeft gezien.

'Maar daarna zijn ze toch achter je aangereden?' vraagt Pamela. 'Tony wilde je alleen maar zeggen dat het een grap was.'

'Ik geloof er geen snars van. Ik ben de halve stad door geracet,' antwoordt Lola. 'En ík vond er niks grappigs aan.'

'En toen?' wil Pamela weten.

'Toen ben ik naar een winkelcentrum gereden. Ik wilde niet dat ze zouden weten waar ik woon. Daar ben ik ze gelukkig kwijtgeraakt. Maar ik was wel hartstikke laat thuis.'

Pamela hoort nauwelijks wat ze zegt, ziet Lola. Ze zit diep na te denken.

'En wat moet ik nou tegen Tony zeggen?' vraagt ze.

'Niks natuurlijk,' zegt Lola.

'Dus het is niet meer aan?'

'Hij kan de boom in. Daar horen apen.'

Tijd om verder te praten is er niet. De andere kinderen komen weer de klas in.

'Zullen we vanmiddag samen iets leuks gaan doen?' vraagt Lola.

Pamela trekt een nadenkend gezicht en pulkt aan het glazen hartje dat in haar hals bungelt.

'Nee, kan niet,' zegt ze afwezig. 'Ik moet vanmiddag naar de orthodontist. Ik krijg een beugel.'

Hoe het komt, weet Lola niet. Maar ineens heeft ze het gevoel dat er een zware steen op haar maag terechtkomt.

Smoezen

Pamela heeft de volgende dag inderdaad een beugel in haar mond. Gelukkig maar, denkt Lola. Het was dus geen smoes.

Pam is de eerste in de klas met zo'n dubbeldekker. Ineens lijkt het of iedereen erover praat. Tussen de middag heeft Pam het hoogste woord.

Het valt Lola ook op dat ze na schooltijd steeds met Tony staat te smoezen. Op die momenten is Pamela een en al vrolijkheid. Ze lacht uitbundig om zijn grappen.

Hoe kan ze nou aanpappen met Tony na wat zij, Lola, over hem heeft verteld...

Zelf probeert ze net te doen of Tony niet bestaat. Iedere keer als hij bij haar in de buurt komt, loopt ze weg.

In de klas worden grapjes gemaakt. Dat vindt Tony natuurlijk niet leuk.

'Tony loopt als een hondje achter je aan,' zegt Ruud veel te hard. 'Wanneer koop je een halsband voor hem?'

'Hé Tony, moet ze je niet meer?'

De losse opmerking van Kevin doet geen goed. Tony

is diep beledigd. Hij probeert het te verdoezelen door extra stoer te doen.

'Weet je wat? Zing een liefdesliedje voor haar,' giechelt Nanda.

'Ze wil me wel, hè, Lola,' zwijmelt Tony. 'Ze staat zelfs voor mijn deur!'

'Al was je de laatste jongen op aarde,' bitst Lola terug.

De meester krijgt er al gauw genoeg van.

Als Tony voor de derde keer die dag propjes naar Lola gooit, schiet hij uit z'n slof.

'Tony, kun je nu eindelijk eens ophouden met dat kinderachtige gedrag? Laat Lola met rust. Je ziet toch dat ze er niet van gediend is?'

Als antwoord trekt Tony een raar gezicht. Achter de rug van de meester mompelt hij een verwensing.

En Pamela? Daar snapt ze helemaal niets van. Het lijkt wel of ze haar ontloopt.

Als Lola in haar eentje naar huis is gefietst neemt ze een besluit. Ze zal Pamela opbellen.

Pam, zal ze op de man af vragen. Wat is er met je aan de hand? Waarom doe je zo raar?

Met haar jas nog aan loopt ze naar de telefoon in de hal en toetst het nummer van haar vriendin thuis.

Het duurt even. Dan wordt de telefoon aangenomen.

'Met mevrouw Bartels.'

Lola perst haar lippen op elkaar. Waarom neemt Pam nou zelf de telefoon niet aan?

'Hallo?' klinkt het dwingend. 'Met wie spreek ik?'

'Dag mevrouw. Met Lola. Is Pam thuis?'

'Eh...' De moeder van Pamela moet kennelijk even nadenken. 'Eh, Pamela? Nee, die is er niet.'

'Weet u wanneer ze thuis komt?' houdt Lola vol.

'Nee, dat weet ik niet. Ik zal wel zeggen dat je hebt gebeld.'

70

'O. Dank u wel. Dag mevrouw.'

'Dag.'

Het hele gesprek heeft niet meer dan een paar seconden geduurd. Maar in die korte tijd heeft ze het gevoel dat Pamela's moeder haar voorloog. Ze wil niet dat haar dochter met haar praat.

Lola stampvoet naar boven. Daar laat ze zich op haar bed vallen.

Die woensdagmiddag is de maat vol. Net als Lola aan Pam wil vragen of ze meegaat naar De Uitwijk, ziet ze dat Pamela achter op de fiets bij Tony springt.

'Pam!' schreeuwt ze dwars over het schoolplein.

Pamela reageert eerst niet. Maar als Lola haar vriendin bij haar jas grijpt, kijkt ze om.

'Ik moet je wat zeggen.'

Met tegenzin stapt Pam af.

'Ga maar, ik kom zo,' zegt ze tegen Tony, die grijnzend naar Lola's boze gezicht kijkt.

'Wat doe je nou toch?' vraagt Lola, terwijl Tony als een circusacrobaat op één wiel het plein afrijdt.

'Hoezo?' doet Pam onnozel.

'Waarom doe je zo raar?'

'Raar? Ik doe helemaal niet raar.'

'Wel waar,' houdt Lola vol. 'Je doet net of ik niet besta. En je loopt te sjansen met Tony.'

'Ik?'

'Ja, jij!'

'Ben je jaloers of zo?'

'Jaloers?' Lola barst bijna. 'Omdat je met die... met die patser lol maakt?'

Pamela kijkt onverschillig. 'Je vond hem toch ook zo leuk?'

'Vónd ja. Maar Tony is helemaal niet zo'n lekkere jongen,' besluit ze. 'Pam, echt waar, hij is gewoon een protserige lafbek.'

'Maak je niet zo druk.' Pamela glimlacht terwijl ze een andere kant opkijkt.

Geërgerd bijt Lola op haar onderlip. Zo'n glimlach kent ze. Zo kon haar moeder ook nepglimlachen. Het zegt haar genoeg. Pam gelooft haar gewoon niet.

Bij de ingang van school staat de meester en hij wenkt haar.

'Lola,' roept hij, 'vergeet je niet dat we zo nog wat sommen gaan doen?'

'Oh, sh...' doet Lola. De extra rekenlessen! Totaal vergeten! Haar blik schiet van de meester naar Pamela.

'Weet je wat? Bekijk het maar.' Met driftige stappen loopt ze weg.

Vlak voordat ze de school binnengaat, kijkt ze nog even om. Daar gaat Pam, achterop bij Tony. En wat het ergste is... ze lachen heel samenzweerderig.

Verraad

Wat doen ze, die twee? Het is erg... Ruud en Snoep hebben gelijk. Pamela is een zwabber. Hoe kan ze zich zo laten inpakken door Tony?

Lola snijdt haar boterham in vier stukken, maar haar gedachten zijn al bij school.

De kinderen om haar heen maken herrie. Op tafel gaat een glas melk om.

'Dat deed jij!' zegt een van de kinderen.

'Niet waar. Jij stootte met je elleboog.'

Normaal gesproken is Lola er als de kippen bij om opkomende ruzies te sussen. Maar nu staat ze bijna automatisch op en loopt in gedachten naar de keuken om een doekje te halen.

'Hoi Lola, ben je ook al op?' In de keuken is Niels bezig de lunchpakketten klaar te maken. Hij kijkt geschrokken naar haar boze gezicht.

'Wat is er wijfie?' vraagt hij. 'Zit iets je dwars?'

Nee, schudt Lola haar hoofd.

Uit zijn broekzak haalt Niels een envelop.

'Kijk eens,' zegt hij, 'dit vond ik vanmorgen op de deurmat. Jouw naam staat erop. Misschien helpt dit.'

Op slag vergeet Lola de gemorste melk.

'Van wie is het?'

'Er staat geen afzender op.'

Nieuwsgierig scheurt Lola de envelop open.

'Lieve Lola,' staat erboven. Het zijn maar een paar zinnen. Haar ogen dalen af naar de onderkant van de brief. Hij is van Tony!

Met de ongelezen brief in haar hand rent Lola de keuken uit.

Op haar kamer vouwt ze hem opnieuw open.

'Lieve Lola,' leest ze. *'Ik vind het stom dat je boos op me bent. Als je me nog steeds leuk vindt, kom dan vanmiddag naar de snackbar waar we vorige week waren. De jongens vragen of het uit is. Nee toch? Ik weet dat je op mij bent en ik ben op jou. Het hangt van jouw af.'*

Het hangt van haar af?! Lola frommelt de brief tot een slordige prop. Wat denkt die Tony wel niet? Dat ze op hem zit te wachten?!

Ze had nooit met Stefan naar Tony's huis moeten gaan. Zie je wel, nu denkt Tony dat hij haar vriendje is.

Met een nijdig gebaar smijt ze de prop papier in de prullenmand onder de wastafel.

Rebèl, het rode katertje, schrikt ervan en springt van Lola's bed.

Meteen heeft ze er spijt van.

'Ach, lieve snoes.' Lola zakt op haar knieën neer bij de geschrokken kat. 'Stil maar, Rebèl. Ik ben niet kwaad op jou. Alleen maar op die stomme gozer.'

Met haar vingers begint ze het zachte poezenvel te aaien. De kat, eerst nog rechtopstaand, wordt daardoor weer rustig en gaat op haar schoot liggen. Het gekriebel aan zijn kop kalmeert ook Lola.

Diep in gedachten blijft ze de kat strelen. Dan ineens ontstaat er een zorgenrimpel tussen haar wenkbrauwen.

De brief is thuisbezorgd! Dat betekent dat Tony weet waar ze woont.

Hoe kan dat nou? Ze kunnen haar niet gevolgd zijn. Daarvoor heeft ze veel te goed opgelet en steeds omgekeken die zaterdag.

Zou Pam...

Nee! Nee, dat kan niet.

Dan neemt ze een besluit. Het moet afgelopen zijn. Vanmiddag, na schooltijd, zal ze het uitmaken met Tony.

Uitmaken? denkt ze boos. Het was eigenlijk nooit aan! Nou ja, op die ene mislukte kus na.

De hele schooldag gaat voorbij in een mist van onzekerheid en zenuwachtig gepieker.

Ze voelt de ogen van Tony prikken in haar rug. Om niet om te hoeven kijken, tekent Lola allemaal zwarte poppetjes in haar schrift. Als de bladzij vol is, lijken de poppetjes verdacht veel op nijdige spinnenkoppen.

Meester Jan ziet het volgekladde papier. In het voorbijlopen legt hij even zijn hand op Lola's hoofd.

'Zal ik jullie weer eens voorlezen?' vraagt hij. 'Ik heb een nieuw boek uit de bibliotheek gehaald. Het gaat over vriendschap.'

Het is een mooi boek, moet Lola toegeven. Heel even vergeet ze Tony en droomt ze weg met het verhaal.

Haar hoofd zakt tegen de schouder van Pamela. Die zit, met het glazen hartje in haar mond, ademloos te luisteren.

Als de bel uiteindelijk gaat, tuimelt Lola terug in de werkelijkheid.

Pamela wordt door haar moeder opgehaald. Ze moet terug naar de orthodontist omdat de beugel pijn doet in haar mond.

Nu dan! denkt Lola. Nu moet ze ronduit tegen Tony zeggen dat ze het uitmaakt.

Op het schoolplein draait Tony net zolang om haar heen tot hij zijn kans schoon ziet.

'En? Heb je eh... heb je mijn briefje gekregen?' vraagt hij bij de fietsenstalling. 'Ga je mee naar de snackbar? Ik trakteer. Geld zat.'

Ongeduldig wipt hij van het ene been op het andere, zijn handen in zijn zakken.

Vanuit haar ooghoeken ziet ze dat Stefan op een afstandje rare grimassen staat te trekken. Hij doet net of hij iemand omarmt en zoentjes geeft.

Stomme jongens ook.

Het is het beste om nu maar meteen te zeggen wat ze vindt.

'Ik maak het uit. Ik bén helemaal niet op jou.' Met een flinke ruk trekt ze haar fiets uit het fietsenrek.

Die twee korte zinnetjes hebben een rare uitwerking op Tony.

Het lijkt wel of hij haar niet hoort. In plaats van te antwoorden, steekt hij zijn duim op naar Stefan.

'Ben je doof of zo?' vraagt Lola.

Tony trekt een vreemd gezicht. Eerst lijkt het of hij gaat lachen. Maar dan, terwijl hij schuin naar zijn vriend loert, begint hij te stotteren.

'Ik eh... ik eh... Ik dacht dat je ook op mij was.'

Bijna krijgt ze medelijden met hem. Hij staat erbij als een klein kind dat zojuist heeft gehoord dat Sinterklaas niet bestaat. Zoiets is hem natuurlijk nog nooit overkomen. Alle meisjes zijn op hem, zei Pam. Nou, zíj niet!

'Nee, bedankt.'

'We kunnen toch wel vrienden zijn?'

'Hoe wist je trouwens waar ik woon?' wil Lola nu weten.

'In dat tehuis? Woon je daar echt?' Hij kan het bijna niet geloven ziet ze aan zijn gezicht. 'Pam zei het, maar ik dacht dat ze het verzon.'

'Het gaat je niks aan.'

76

Daar baalt Lola van. Pam heeft dus wél verraden waar ze woont. Hoe kan ze! Haar beste vriendin!'

Ze wil zich omdraaien.

'Ik vind het gewoon stom wat je doet,' zegt ze, haar gezicht nog naar hem gekeerd. 'Daar onder die brug en zo. Eigenlijk is het hartstikke laf. Zelf durf je het niet eens. Daarom laat je het anderen doen. Voor geld. Nou, zo'n vriend hoef ik niet. Nooit, never, nooit.'

De eerst bijna smekende uitdrukking op zijn gezicht verandert op slag. Zijn ogen vernauwen zich. Woedend is hij.

'O ja? Dat zullen we nog wel eens zien.'

'Wat ben jij een misselijk jong,' zegt Lola zo kalm mogelijk. 'Je kan gewoon niet tegen je verlies.'

Tony blaast zich op als een kikker.

'Poeh,' doet hij onverschillig. 'Kan mij wat schelen. Dat zeg je alleen maar omdat je jaloers bent.'

'Jaloers? Waar moet ik nu weer jaloers op zijn?'

'Op Pam natuurlijk!' roept Tony triomfantelijk. 'Omdat ik met haar gezoend heb. En weet je wat? Ze zoent hartstikke lekker.'

Verbijsterd staart Lola Tony aan.

'Je liegt het. Wanneer dan?'

Tony geeft geen antwoord meer.

Lola staart hem na als hij wegloopt. Ze ziet dat Tony zijn vriend een klap tegen zijn opgestoken hand geeft en even met hem smoest. Stefan lacht hartelijk en kijkt achterom, naar haar.

Even weet Lola niet wat ze moet voelen. Opluchting omdat het nu uit is? Of dat andere nare gevoel?

Dit gaat niet goed!

Wat heeft Pamela in vredesnaam gedaan? Waarom heeft ze haar adres verraden? En waarom gaat ze zoenen met Tony terwijl Tony háár vriendje wilde zijn?

Een gemene leugen

Pas als ze haar tas achter op de fiets heeft gebonden, ziet ze het. De band van haar achterwiel is zo plat als een dubbeltje.

Ach, wat geeft het ook. Dan maar rijden met een platte band. Met een bonk rijdt ze de fiets van het trottoir.

De fiets protesteert al snel. Halverwege de rit naar huis, moet ze toch afstappen.

Dat ziet er niet best uit. De binnenband puilt helemaal naar buiten. Als ze zo verder fietst, gaat de velg ook nog kapot. Daar zal Niels niet blij om zijn. Die vindt toch al dat hij zo vaak fietsen moet repareren.

Wat een snertdag! Nu begint het ook nog te regenen. De fiets honkeldebonkelt over de stenen. Zo komt ze nooit thuis.

Pamela zit natuurlijk al hoog en droog thuis.

Pamela... Bij de gedachte aan haar vriendin geeft Lola een nijdige schop tegen de trapper.

Ach, eigenlijk kan het haar geen snars schelen dat Tony en Pam hebben gezoend. Tony is verleden tijd, over, uit en basta. Ze hoeft hem allang niet meer.

Veel erger is het dat Pam oneerlijk tegen haar is. Haar beste vriendin. Beste vriendin?

Vriendschap? Dat hele fijne gevoel stort als een zandkasteel in elkaar. Vriendschap is gewoon een gemene leugen!

De fiets wil nu helemaal niet meer. Dan maar zonder fiets. Dat gaat sneller.

Lola zet haar fiets tegen een heg. Misschien kan Niels die vanavond ophalen. Voor alle zekerheid zet ze de fiets op slot.

Net als ze het sleuteltje in haar zak heeft gestoken, wordt er getoeterd.

Het is de meester, ziet ze. In de auto buigt hij zich naar opzij en gooit het rechter autoportier open. Hij wenkt haar.

'Zo, Lola,' begint hij. 'Problemen?'

'Mijn fiets.' Ze wijst naar de probleemfiets. 'Lekke band.'

'Wil je een lift?' Het portier gaat uitnodigend verder open.

Lola knikt.

De ruitenwissers zwenken wild heen en weer.

'Zo zit je tenminste droog,' zegt meester Jan. 'Zeg maar waar ik je naartoe moet brengen.'

Even kijkt ze de meester onderzoekend aan. Weet híj eigenlijk dat ze in De Uitwijk woont?

Hij weet het.

'De Uitwijk, hè?' vraagt de meester zonder haar antwoord af te wachten. 'We zijn er zo.'

Het is lekker warm in zijn auto. Lola rilt in haar dunne jasje.

De meester schakelt door naar een hogere versnelling.

'Wat me opviel is,' begint hij op een rust.ge toon, 'dat je een beetje triest bent de laatste dagen. Kan ik je ergens mee helpen?'

79

Lola schrikt ervan. 'Nee hoor,' zegt ze snel.

De meester zwijgt even.

'Komt het door Pam?' vraagt hij na een tijdje.

Dan begint ze te trillen, ze kan het niet meer tegenhouden.

De meester zegt eerst niets. Een paar meter voor De Uitwijk parkeert hij zijn auto en zet de motor af.

'Lieve Lola,' zegt hij zacht. 'Soms, als je verdriet hebt, helpt het als je erover praat.'

Misschien komt het door zijn troostende hand op haar hoofd.

Ineens barst ze los.

'Pamela zou niet zeggen waar ik woon. Dat was ons geheim. En nu heeft ze het aan Tony verklapt. Ik dacht dat ze m'n vriendin was.'

De meester rommelt even in het dashboardkastje. Hij haalt er een paar papieren zakdoekjes uit tevoorschijn en geeft haar die.

Lola snuit haar neus.

'Het is oneerlijk.' Het kan haar nu niets meer schelen dat de meester ziet hoe boos en teleurgesteld ze is.

'Ja,' zegt de meester. 'Het ís ook niet eerlijk. Mensen doen wel eens dingen die anderen pijn doen. Soms doen ze dat expres. Maar meestal gebeurt het omdat ze niets begrijpen van een ander.'

Even wil ze niets liever dan haar hoofd tegen zijn schouder laten leunen. Maar in plaats daarvan blijft ze stijfjes zitten en staart naar buiten.

'Wil je dat ik met Pamela praat?' vraagt de meester.

Ze schrikt op. 'Nee, niet doen!'

'Je lost het zelf wel op, denk je?' De meester glimlacht. 'Je bent een dapper kind, Lola. Dat meen ik!'

Hij zwijgt even. Ze hoort hem een paar keer diep ademhalen. Alsof hij niet zeker weet of hij verder moet praten.

'Ik heb met Niels gesproken, van De Uitwijk. Een tijd

geleden al. Hij heeft me verteld waarom je van huis bent weggelopen. Wist je, Lola, dat er wel meer kinderen zijn zoals jij?'

Lola haalt haar neus op en geeft geen antwoord.

'Maar de meeste kinderen die zich thuis niet veilig voelen, durven dat aan niemand te vertellen. Ze voelen zich diep ongelukkig. Maar ze schamen zich. Misschien is het allemaal wel mijn eigen schuld, denken ze. En ze denken dat zij de enige zijn. Dat niemand hun probleem begrijpt. Daarom doen ze niets. Jij wel. Dat was dapper!'

'Zal wel.'

'En weet je wat er nu is gebeurd?'

Lola kijkt nieuwsgierig naar de meester. 'Wat?'

'Jouw vader en moeder zijn erg geschrokken. Er is nu iemand die regelmatig met ze praat.'

'En wat zeggen ze dan?'

'Dat weet ik niet precies. Maar het gaat de goede kant op, heb ik begrepen.'

De meester zucht. Hij laat zijn hand over haar haren glijden.

'Als je maar weet dat ik je wil helpen. Wat dan ook.'

Lola knikt. Ineens is het niet meer zo belangrijk, dat gedoe met Tony.

En Pamela? De meester heeft gelijk. Pamela heeft het vanaf het begin al niet begrepen.

Lola legt haar hand op de kruk van het autoportier.

'Ik ga maar,' zegt ze. 'Bedankt voor de lift.'

Als ze buiten de auto staat, steekt ze haar hand op.

De auto rijdt weg. Als groet knippert de meester twee keer met zijn alarmlichten.

Lola kijkt de auto na.

Langzaam loopt ze naar het oude, hoge huis, met de smalle ramen aan weerszijden van de deur. Op het houten bord naast de deur leest ze: 'De Uitwijk. Tehuis voor bewust ouderloze kinderen.'

Ze kijkt ernaar alsof ze het bord voor het eerst ziet.

In twee sprongen staat ze boven aan het stenen trapje. Binnen is het warm en gezellig, weet ze. En veilig.

'Het klopt,' zegt Niels als ze aan de keukentafel tegenover hem zit. 'Je ouders praten met iemand die komt helpen.'

'Wat doen ze dan?'

'Ze praten over elkaar en over jou. Praten helpt altijd, Lola.'

'O ja? En wat zeggen ze dan?' wil Lola weten.

Niels schuift een bak met aardappelen haar kant op. 'Hier, help maar even met schillen.'

Lola zet het aardappelmesje in de aardappel. 'Nou?'

Niels trekt een nadenkend gezicht. 'Ze snappen nu wel waarom je bent weggelopen. Ze geloven dat ze je niet genoeg als kind hebben behandeld. Je moeder geeft toe dat ze te veel aan jou heeft overgelaten.'

'Ik moest mijn broertjes altijd naar bed doen, omdat zij altijd moest werken.' Lola krijgt een diepe rimpel op haar voorhoofd. 'En als ze dan zaten te klieren, kreeg ík op m'n kop als het een rotzooi in de badkamer was.'

'Dat is niet eerlijk,' zegt Niels. 'Daar ben je veel te jong voor.'

Ja, knikt Lola.

'En mijn vader?' Ze vraagt het zonder Niels aan te kijken.

Niels denkt na. 'Je vader zegt dat het nooit zijn bedoeling is geweest je lastig te vallen. Hij zegt dat het hem heel erg spijt.'

'En mijn moeder?'

'Ze vindt het ook heel erg. Zij denkt dat het kwam omdat je vader dronk.'

'Zie je wel?' barst Lola los. 'Ze verdedigt hem nog steeds.'

Ze gooit de geschilde aardappel met zo'n vaart in de pan met water dat Niels' gezicht vol met druppels komt te zitten.

'Je moet niet kwaad worden,' zegt Niels terwijl hij zijn gezicht afveegt met de theedoek. 'Je vader drinkt niet meer. Da's al heel wat! En voor je moeder is het ook moeilijk om toe te geven dat je vader zich niet als vader heeft gedragen. Een kind moet zich absoluut veilig voelen bij zijn vader en moeder.'

'Ja,' gromt Lola en steekt het mesje tot aan het handvat in de aardappel.

'Ze missen je wel erg,' zegt Niels dan.

'Ze doen hun best maar.'

'Zou je niet terug naar huis willen?'

'Naar huis?' herhaalt Lola. Zonder Niels antwoord te geven loopt ze de keuken uit.

Het is vreemd, ineens zou ze dolgraag een gewoon kind willen zijn. Een kind met een gewone moeder en een gewone vader.

Op weg naar haar kamertje weet ze wat ze had moeten zeggen.

'Ik ga alleen naar huis als ík dat wil.'

Bij haar bed begint ze haar natte kleren uit te trekken.

Daar is de tattoo. Wat zei de man in de tattoo-winkel? Het zou geluk brengen.

Geluk? O Ja? Ongeluk zal hij bedoelen!

Ze grist een washandje van de wastafel en houdt het onder de kraan. Met nijdige bewegingen boent ze over de tattoo tot haar huid er rood van wordt.

Kneuzen

Dat komt slecht uit. Lola bijt op haar lip. De hele tijd heeft ze lopen nadenken wat ze tegen Pamela zou zeggen.

Hoe kun je me zo verraden?! Je hebt nog zó beloofd dat je je mond zou houden!

En nu is Pamela ziek, vertelt de meester. Haar moeder heeft opgebeld. Pam heeft griep en moet een paar dagen in bed blijven.

Lola zucht. Nu moet ze haar boze bui een paar dagen vasthouden. Dat is balen.

Er komt een boze gedachte bij haar op. Misschien voelt Pam zich wel schuldig. Ze durft haar natuurlijk niet onder ogen te komen. Dát is het natuurlijk.

Met tegenzin begint Lola aan de rekensommen. Dat valt niet mee, want zelfs met de bijlessen van de meester moet ze erg haar best doen.

Als ze achterom kijkt, ziet ze dat Snoep ook wazig voor zich uit zit te staren. Die weet ook al niet wat hij met de sommen aan moet.

Nee, dan de ontspannen houding van Ruud. Die zit

onderuit gezakt. Met een hand onder zijn hoofd, elleboog op het puntje van de tafel zit hij te rekenen alsof het een eitje is. Ruud is een kei in rekenen.

Zodra Ruud een rijtje sommen af heeft, schuift hij zijn blaadje onopvallend naar Snoep.

Zijn vriend schrijft de antwoorden doodleuk over. Alsof het de gewoonste zaak van de wereld is.

Zat zíj maar naast Ruud.

'Gaat het, Lola?' vraagt de meester als hij haar ogen ziet ronddwalen.

'Makkie,' antwoordt ze.

De meester geeft haar goedkeurend een aai over haar bol. 'Goed zo, rebèl.' Hij rommelt wat in zijn tas en staat dan op.

'Jongens, kan ik jullie heel even alleen laten?' vraagt hij. 'Ik moet heel even iemand bellen.'

'Doe maar, meester,' zegt Ruud, 'ik neem het wel even over.'

Zodra de meester het lokaal heeft verlaten, begint het.

'Gaat het, Lola, schatje?' fluistert iemand achter in de klas.

Lola verstart.

'Gaat het, Lola?' klinkt het opnieuw, maar nauwelijks hoorbaar.

Lola voelt de kleur vanuit haar nek omhoog kruipen.

Dat is Tony, die op een zalvende toon de meester nadoet.

Ze werpt een woedende blik naar achteren.

De andere kinderen houden nu ook op met schrijven. Ze snappen er niets van en kijken verbaasd van Tony naar Lola.

'Zal ik je helpen, Lola, lieverdje?' gaat Tony verder.

Nanda begint te giechelen. Ze denkt natuurlijk dat Tony haar schatje en lieverdje noemt omdat ze denkt dat Tony nog steeds op haar is.

Maar Lola weet wel beter.

85

'Zal de meester je even helpen, schatje?' Tony haalt tergend langzaam een hand door zijn haar. Daarbij trekt hij zo'n stom gezicht, zo zogenaamd verliefd, dat Lola haar hoofd vol afkeer afwendt.

Het lijkt wel of ze haar hoofd niet meer kan bewegen. Alsof er een schild omheen is komen zitten. Lola balt haar vuisten en duwt haar nagels in haar handpalmen.

Dat is het dus! Tony kan echt niet tegen zijn verlies. Hij is tot de aanval overgegaan!

'Pss, psss, liefje,' doet hij.

De stoel van Ruud valt met een klap achterover.

'Had je wat?' vraagt hij als hij pal voor Tony staat.

Maar Tony doet of hij de onschuld zelf is.

'Ik? Hoezo?'

'Ja jij! Zit je Lola in de maling te nemen?'

'Ik?' Tony trekt zijn schouders op. 'Ik doe alleen of ik de meester ben. Lola krijgt toch altijd alle aandacht van de meester? Lola is het lieverdje van de meester, hè, Lola?''

'Doe niet zo achterlijk, joh,' bijt Ruud hem toe.

Misschien komt het omdat Ruud er nu tussen staat. Ze zegt het op een zo minachtend mogelijke toon: 'Kneus.'

'Moet jij zeggen,' kaatst Tony terug. 'Jij woont zelf in een tehuis voor kneuzen.'

Dat had hij niet moeten zeggen. Zeker niet met Ruud vlak voor z'n neus.

De vuist van Ruud raakt hem precies op z'n oog.

Tony tuimelt geruisloos achterover.

Op dat moment komt de meester binnen. Geschrokken kijken ze allemaal naar zijn verbijsterde gezicht.

'Wat is hier in vredesnaam aan de hand?'

Tony laat een lelijk woord vallen en wijst, met een hand zijn oog afdekkend, naar Ruud.

'Hij begint zomaar ineens te slaan, meester. Zomaar!'

De meester schudt niet-begrijpend zijn hoofd.

'Eén minuut ben ik weg en jullie gaan vechten? Waarom?'

Ruud loopt langzaam terug naar zijn plaats. Hij zegt niets.

'Waarom?' herhaalt de meester.

Plotseling lijkt het alsof de hele klas niets heeft gezien, niets gemerkt. De een na de ander buigt zich weer over de sommen alsof er nooit iets is gebeurd.

'Gaat iemand me nog vertellen hoe het zit?' vraagt de meester, terwijl hij door de klas banjert.

'Jij, Lola?'

Ook dat nog. Gaat hij het weer aan háár vragen. Lola duikt ineen en schudt nee zonder iets te zeggen.

De meester trommelt ongeduldig met zijn vingers op het tafelblad. 'Nou?'

Alle hoofden blijven gebogen. Ook Tony besluit dat het beter is om niets meer te zeggen.

'Niemand?' vraagt de meester met ongeloof in zijn stem.

'Dan blijft er maar één oplossing. Allemaal nablijven, tot ik weet wat er precies is gebeurd.'

Een dik uur hebben ze het volgehouden. Het leek of ze het hadden afgesproken. Alsof er de doodstraf op praten stond. Niemand heeft z'n mond opengedaan. Zelfs niet toen de meester dreigde met strafwerk. De spanning was om te snijden.

Uiteindelijk heeft hij ze laten gaan.

De meester had een diepe rimpel in z'n voorhoofd.

'Dat dit in míjn klas kan gebeuren,' zei hij ongelovig toen zijn groep 8 stilzwijgend de klas verliet.

Zelfs buiten, alsof ze voelden dat de meester vanachter het raam stond te kijken, verlieten ze het schoolplein zonder iets te zeggen.

Het was bijna eng, zoals iedereen in het complot zat, vindt Lola.

Ze racet naar huis, op de fiets met de nieuwe band, die Niels eromheen heeft gelegd.

87

Naar huis? Naar het huis met de kneuzen, zoals Tony zei.

Hoe durft hij!

Alsof hij zo'n bink is met dat zwarte plakhaar. Met z'n stomme mobieltje en zijn protserige huis met die gruwelijk lelijke stenen beeldjes op de vensterbank. Echt een huis van mensen die snel rijk zijn geworden, maar niet weten wat mooi is.

Hoe verder ze van school raakt, des te bozer wordt Lola. Eenmaal verlost van de wurgende spanning in de klas, ziet ze steeds scherper hoe het zit. Pamela heeft haar mond voorbij gepraat. Ze heeft hem verteld waar ze woont en ze heeft erbij verteld wat voor tehuis De Uitwijk is.

Ze had Pam nooit moeten vertrouwen.

De schrik slaat haar om het hart. Als ze maar niet haar diepste geheim heeft verklapt. Dat zal toch niet? Dat zou vreselijk zijn!

Nee, dat kan niet. Pam heeft het beloofd!

Ze had die Tony met z'n misselijke praatjes eens goed moeten aanpakken.

Lola zeilt de hoek van de straat om. Ze had hem...

Twee fietsen staan dwars over de weg geparkeerd.

Lola herkent de jongens in een fractie van een seconde. Tony en Stefan...

Uit alle macht moet ze remmen.

Tony heeft een grijns op zijn gezicht die absoluut niet past bij zijn blauwe oog.

'Zo, schatje,' begint hij pesterig. 'Dacht je dat het nu was afgelopen?' Hij schuift zijn fiets van voor naar achter om te voorkomen dat Lola er langs kan. Stefan blokkeert de andere helft van het fietspad.

'Ga je lekker?' Opnieuw wrijft Tony liefkozend over zijn eigen gladde haar. 'Met de meester, bedoel ik.'

Wat bedoelt Tony? Wat heeft die vieze grijns te betekenen?

Nog nooit heeft ze zo'n hekel gehad aan iemand.

'Denk maar niet dat we niet snappen waarom de meester zo aardig tegen je doet,' zegt Tony.

'Jij bent knettergestoord.' Lola hapt naar adem. 'Wat bedoel je, eigenlijk? De bijlessen? Dat is omdat ik niet goed ben in rekenen.'

'O, dat?' Tony lacht naar zijn vriend. 'Ja, dat ook. Maar we hebben je wel gezien, hoor. Gisteren zijn we achter je aan gefietst. Lekker gezellig, Lola? Met de meester knus in de auto?'

Lola's mond zakt open. 'Vuile...' Ze stikt er bijna in, zó verontwaardigd is ze.

Lola knijpt de ijzeren handvatten van haar stuur bijna tot moes.

Alsof ze uit het niets komen opduiken, zijn daar ineens Ruud en Snoep. Ongetwijfeld hebben ze gezien en begrepen wat er gebeurt.

Zonder iets te zeggen glipt Ruud langs haar fiets en ramt in volle vaart haar belager. Het stuur van Tony's fiets beukt in zijn maag.

Stefan gaat er meteen als een haas vandoor. Hij geeft zijn fiets een halve draai naar links en begint te racen.

'Lafbek,' schreeuwt Snoep hem na.

Ruud is nog niet klaar met Tony. Met zijn stevige schoenen begint hij als een gek op Tony's schenen te schoppen.

Tony's gezicht vertrekt van pijn. Hij schreeuwt allerlei verwensingen naar Ruud, maar kiest uiteindelijk eieren voor zijn geld.

Het gaat allemaal zo snel.

Lola staat nog op haar benen te trillen.

Pas als Tony en Stefan om de hoek zijn verdwenen, vraagt Ruud: 'Gaat het, Lo?'

'Wat had-ie?' vraagt Snoep. 'Zat hij je weer te jennen? Heb je hem verteld dat je in De Uitwijk woont?'

'Laat maar.'

'Laat maar?!' herhaalt Ruud verontwaardigd. 'Laat maar?! Hoe kun je dat nou zeggen? Wij zijn toch je vrienden? Die prutser zit jou te zieken en jij?'

Ik los het zelf wel op, wil ze zeggen. Het is te erg. Het is té gemeen.

'Waarom doet die gozer zo? Ik dacht dat jullie elkaar juist leuk vonden?' Snoeps lichtblauwe ogen lopen over van verbazing.

'Is ook zo. Een beetje. In het begin.' Lola haalt haar schouders op. 'Totdat ik ontdekte dat Tony gewoon een laffe patser is. Hij laat andere jongens allerlei gevaarlijke dingen doen en betaalt ze daarvoor. Ze laten zich voor zijn geld in mekaar slaan, de idioten. En Tony staat zich suf te lachen. En dat geld is niet eens van hem. En dus heb gezegd dat het uit was. En nu neemt-ie wraak of zo. Zo, nu weten jullie het.'

Ze raffelt het verhaal af.

Haar vrienden zijn stomverbaasd. Maar ze geloven gelukkig dat dat de enige reden is. Nu hoeft ze tenminste niets te zeggen over dat andere. Dat is te erg.

'Wat een kneus.' Snoep zucht.

'Kneus?' Ruuds gezicht staat op onweer. 'Hij wordt pas echt een kneus als ik hem onder handen heb genomen. Wat denkt-ie wel niet! Als hij jou nog één keer...'

'Ik weet wat.' Ruuds gezicht klaart ineens helemaal op. 'Vanaf nu, Lola, zorgen we dat je nooit meer alleen bent. Overal waar jij bent, zijn wij ook. We komen je 's morgens gewoon ophalen en brengen je 's middags weer thuis.'

Snoep knikt, maar steekt even zijn onderlip naar voren.

'Wat trek je nou een dom gezicht, Snoep?' zegt Ruud als hij ziet dat Snoep kennelijk bedenkingen heeft. 'Ben je bang om vroeg op te staan?'

'Dom gezicht?' zegt Snoep. 'Nee hoor, zo zit m'n gezicht gewoon het lekkerst.'

Lijfwachten

De jongens houden woord. De dagen daarna lopen ze als twee goed gedrilde, norse lijfwachten om Lola heen.

'Je moet die Tony gewoon negeren,' zegt Ruud steeds. 'Net doen of de sukkel niet bestaat. Dan taait hij vanzelf wel af.'

'Die gozer is gewoon dom,' vult Snoep aan. 'Het heeft dus geen zin om met hem te praten. Hij begrijpt het toch niet.'

Maar zo makkelijk komt ze niet van Tony af.

Zodra Ruud en Snoep even zijn afgeleid, staat hij achter haar. Hij fluistert en sist. Daarbij trekt hij rare gezichten en glimlacht op zo'n irritante manier dat ze zich geweld aan moet doen om hem niet een dreun te verkopen.

Het nare is dat ze haar vrienden niet kan vertellen wat Tony allemaal precies zegt. Ze denken nog steeds dat hij alleen maar boos is omdat ze het uit heeft gemaakt.

'Gaat het, liefje?' kwijlt Tony alleen hoorbaar voor haar. 'Goed zo, schatje van me. Doe maar goed je best, dan krijg je een kusje van de meester.'

Het liefst zou ze hem recht in z'n gezicht spugen. Of misschien moet ze wel openlijk in de klas vertellen wat voor lafbek hij eigenlijk is.

'Tony, ophoepelen!' Ruud is er meteen bij als hij ziet dat Tony haar loopt te treiteren.

Stefan houdt zich een beetje afzijdig. Hij staat wel te grinniken, maar als Lola hem aankijkt, draait hij snel zijn hoofd om. Wat een lafaards!

De andere kinderen in de klas weten natuurlijk dat er iets broeit. Af en toe staan ze in kleine groepjes bij elkaar te smoezen.

Lola ziet precies wat er gebeurt. Kijk, Christa zal wel eens vragen wat er aan de hand is. Ze komt een beetje aarzelend naar haar toe gelopen en vraagt: 'Heb je ruzie met Tony of zo?'

Lola knikt stug. 'Tony is prut. Hij kan door de afvoer spoelen.'

Christa barst bijna van nieuwsgierigheid.

'Dus het is uit?'

'Het is nooit aan geweest.'

'Wat bedoelde Tony van de week met die rare opmerkingen?'

Ze haalt haar schouders op. 'Weet ik veel. Dat jong moet z'n hoofd eens laten nakijken.'

Christa aarzelt even.

'Wat bedoelde hij met dat tehuis voor kneuzen?'

Oppassen! schiet het door Lola's hoofd.

'Ach,' doet ze onverschillig. 'Ik woon een tijdje in een tehuis met andere kinderen.'

'O ja?' Christa houdt haar hoofd een beetje schuin. 'Waarom?'

'Omdat m'n vader ziek is en m'n moeder het druk genoeg heeft met m'n broertjes,' verzint Lola snel. Ze hoeven niet alles te weten.

Christa weet kennelijk genoeg. Gehaast loopt ze terug

naar haar meisjesgroepje en begint opgewonden te vertellen wat ze nu weet.

Al die tijd staat de meester met gefronst voorhoofd te kijken. In het klaslokaal loopt hij voortdurend heen en weer te ijsberen.

Na de pauze, als de klas weer naar binnen gaat, grijpt Tony Lola's arm vast.

'De meester houdt je wel goed in de gaten hè?' sist hij tussen zijn lippen door.

Haar lijfwachten ruiken onmiddellijk onraad. Ze duiken er meteen tussen. Tony wordt bijna gemangeld.

Die middag slaagt hij er niet een keer meer in om haar te pesten.

'Nu zijn we echt twee pannenkoeken,' zegt Snoep op weg naar haar huis. 'En jij bent de stroop.'

Pamela is weer terug op school.

Zodra ze haar ziet, holt Lola op haar vriendin af.

Eerst ontkent ze het glashard. Dat is nog het ergste.

Maar Pamela's gezicht wordt zo rood als een biet.

Dat zegt genoeg.

'Verraadster! Je hebt hem verteld waar ik woon,' tiert Lola.

Pamela's ogen schieten zenuwachtig van links naar rechts.

'Ja, omdat hij zei dat hij het goed wilde maken. Ik wilde je alleen maar helpen.'

Pamela's lip begint te trillen. 'Ik wilde je alleen maar helpen,' herhaalt ze.

'Helpen?' Lola veegt een pluk haar uit haar ogen. 'Nou, je wordt bedankt! Ik dacht dat je m'n vriendin was.'

Pamela's ogen staan inmiddels vol tranen.

'Sorry,' fluistert ze.

'En jullie hebben gezoend, hè?'

'Gezoend?!' Pamela schudt heftig haar hoofd. 'Niet waar!'

'Wel waar. Tony zei het zelf.'

'Niet waar! Dat liegt-ie.'

Ongelooflijk, denkt Lola. Dat zij nu zelf begint over dat zoenen. Alsof dat nu nog belangrijk is.

'Wat heb je verder nog aan Tony verteld?' Lola zet haar handen strijdlustig op haar heupen. 'Nou?'

Pamela doet een stapje achteruit.

'Hoe bedoel je?'

'Hoe komt Tony erbij dat ik in een tehuis voor kneuzen woon?'

Lijkbleek ziet Pamela nu. Ze kijkt alleen maar. Met van die grote, geschrokken ogen.

'Kneuzen? fluistert Pam. 'Dat weet ik niet,' stamelt ze tenslotte.

'Je hebt toch niet verteld dat... dat... ik bedoel... Hij weet toch niet waaróm ik daar woon, hè?'

Pamela schudt haar hoofd.

'Nee? Echt niet?'

Nee, schudt Pam weer.

Moet ze Pamela nou geloven of niet? Lola weet het niet.

Een ding weet ze wel. Nooit meer, nooit meer zal ze Pamela in vertrouwen nemen.

Ze trekt een hooghartig gezicht.

Dan zegt ze het meest vreselijke wat ze kan bedenken.

'Voor mij ben je dood. Ik kijk je nooit meer aan.'

De volgende morgen staan Ruud en Snoep extra vroeg op de stoep bij De Uitwijk.

'Lola zit nog aan de chocopasta,' roept Niels naar buiten. 'Kom gezellig even binnen.'

Eenmaal binnen, schuiven de jongens meteen aan tafel. Het lijkt of ze nooit weg zijn geweest, vindt Lola.

Niels komt er ook bij zitten.

'Wat zien jullie er goed uit,' zegt hij. 'Ruud, jij bent één keer zo lang en twee keer zo breed geworden. En Snoep jongen, jou ken ik bijna niet terug!'

Snoep glundert. Meteen begint hij boterhammen vol te laden met hagelslag.

'Gaat het goed thuis?' wil Niels weten.

'Beter dan best,' antwoordt Ruud opgewekt.

'Het is net een tweeling,' zegt Lola.

'Geen spijt zeker?' Niels schudt bij voorbaat al zijn hoofd.

'Nooit,' antwoordt Ruud. 'Ik wist niet dat het zo leuk was om een broer te hebben. We hebben nooit ruzie, hè, Snoep?'

'Nooit,' antwoordt Snoep met volle mond. 'Behalve als jij je zusje plaagt.'

Ruud grinnikt. 'Daarom vindt Loes het zo fijn dat Snoep bij ons is komen wonen. Zij vindt Snoep veel liever dan mij.'

Broers, zusje, broertjes... Lola staart zwijgend naar haar twee vrienden. Ineens mist ze haar eigen broertjes heel erg.

Zó lang heeft ze hen al niet gezien. Zouden ze wel eens naar haar vragen?

Had ze vroeger maar niet zo kattig tegen hen gedaan. Maar ja, zodra haar moeder van huis was, moest zij voor die twee kleine bengels zorgen. In bad doen, afdrogen en in bed stoppen. Daar gingen ze dan, over de gang in hun pyjamaatjes en dan moest zij ze maar zien te vangen.

Soms was het best leuk, maar meestal werd ze er zo moe van. En dan achteraf de kritiek van haar moeder dat het zo'n puinhoop was...

Er komt een verdrietige trek om haar mond.

'Ik ga nog even Rebèl eten geven.' Lola staat van tafel op en loopt naar boven.

Op haar kamertje gaat ze voor de spiegel staan. Bah, naar school, met die stomme Tony. Was alles maar normaal.

De kat vleit zich verleidelijk tegen haar enkels. Hij miauwt.

'Je hebt honger, hè?' Lola bukt zich en tilt Rebèl op. De kater beukt met zijn kop tegen haar wang.

'Stil maar,' fluistert ze. 'Ik laat jou nooit alleen. Wij blijven bij elkaar, wat er ook gebeurt. Ik zal altijd voor je zorgen.'

Het dubbele ontbijt van de jongens is te veel uitgelopen. Hoe hard ze ook fietsen, ze komen te laat, weten ze.

'Het maakt niet uit,' zegt Snoep hijgend. 'Ik heb nog wel een smoes. We zeggen gewoon dat Lola een lekke band had en dat wij haar moesten ophalen.'

Ruud schudt zijn hoofd. 'Kan niet, want ze zien ons als we het plein oprijden.'

'Ja, hallo, Ruud. Doe niet zo moeilijk,' zegt Snoep. 'Dan laat ze toch gewoon haar fiets bij de Diamantstraat al staan?'

Ruud zet zijn hand in Lola's rug en geeft haar een duwtje.

'Oké. Doen we. Goed idee.'

Er hangt iets in de lucht. Ze voelt het meteen zodra ze de deur van het klaslokaal opendoet. Er is iets vreemds aan de hand. De klas is doodstil.

Hartsvriendin, kreng

Meester Jan staat voor het bord. Daar is niets raars aan.
Maar zijn gezicht ziet grauw en zijn ogen staan ernstig.

Ruud wil meteen uitleggen waarom ze zo laat zijn,
maar houdt bij nader inzien zijn mond. Ook hij speurt
onraad.

'Ga maar zitten, jullie,' zegt de meester. Zijn stem
klinkt dof.

Lola schuift zo stil mogelijk op haar plaats.

Pamela, ziet ze in een flits, durft niet eens op te kijken.
Wat is er?

Even blijft het griezelig stil.

Dan begint de meester voor de klas te ijsberen.

'Vanmorgen...' begint hij, 'vanmorgen heb ik iets heel
vervelends aangetroffen. In de klas. Hier.'

De meester kijkt speurend de klas rond, alsof hij op
een reactie rekent.

Als dat niet gebeurt, pakt hij met één hand het rechter
bord vast en klapt het met een zwaai open.

Heel groep 8 staart naar de achterkant van het bord.

Sommige kinderen zuigen hoorbaar hun adem in.

'Oh,' klinkt het uit alle monden.

Nanda begint te giechelen, maar houdt verschrikt weer op als ze een stomp van haar vriendin krijgt.

Lola's maag knijpt samen.

Op het bord staat een tekening. Hij is gemaakt door iemand die niet erg goed kan tekenen. Maar wie het moeten voorstellen is wél duidelijk.

De meester is getekend met zijn arm om Lola. Op de tekening houdt hij zijn lippen in een zoentuut.

Daaronder staat iets geschreven. *'O. Lola, ik hou van jouw.'*

Lola weet genoeg. Zelfs zonder die taalfout, die Tony ook maakte in de brief aan haar, weet ze dat alleen hij zoiets kan doen.

Pamela maakt een raar soort gorchelend geluid.

Haar blik schiet van Lola naar de meester.

De meester ziet er ineens jaren ouder uit. Hij veegt met zijn hand door zijn haar en knippert met zijn ogen.

'Ik had het bord natuurlijk gewoon kunnen schoon-vegen,' begint hij met zachte stem. 'Maar ik heb zo'n idee dat dit alles te maken heeft met jullie vreemde houding van de laatste dagen...'

De meeste kinderen slaan hun ogen neer.

Lola zit als bevroren op haar stoel. Dit is veel erger dan ze in haar ergste nachtmerrie had kunnen dromen. Dat Tony zo laag kan zijn!

Opnieuw begint de meester voor de klas heen en weer te lopen.

'Wie wil me nu eindelijk eens vertellen wat er gaande is?'

Hij zwijgt afwachtend.

Midden in de klas schraapt Ruud zijn keel. Maar net op het moment dat hij wil gaan praten, wordt er op de deur geklopt.

Meneer Andries, de conciërge, stapt de klas in.

Als door een magneet getrokken zwenkt zijn blik van de meester meteen naar de tekening op het bord.

Zijn mond valt bijna open.

'Hè? Wat is dat nou voor rare tekening?' De lach op zijn gezicht bevriest als hij ziet hoe ernstig de meester kijkt.

'Oeh!' is het enige wat hij dan nog kan uitbrengen. De conciërge doet een paar stappen achterwaarts.

'Ik eh... ik kom later wel terug,' stamelt hij.

Meneer Andries sluit de deur. Voordat hij de gang op loopt, kijkt hij nog een keer door het raampje boven in de deur.

De meester zucht. 'Dat hadden we net nodig,' mompelt hij. Hij knijpt zijn lippen samen in een nijdige streep.

'Wie?' herhaalt hij. 'Wie gaat vertellen wat deze misselijke grap moet voorstellen.'

'Meester.' Ruud steekt zijn vinger op.

'Gelukkig, Ruud,' antwoordt de meester. 'Alsjeblieft.'

'Nou,' begint Ruud. 'Er is iemand in de klas die een hekel aan Lola heeft. Hij vindt...' Ruud loert woedend naar Tony, 'dat Lola uw lievelingetje is.'

Tony, die zich niet meer van de domme kan houden, begint hikkend te lachen.

Lola's bloed verandert op slag in een stroom kokende olie. Tenminste, zo voelt het.

Ze struikelt bijna over Pamela.

'Jij...' haar wijsvinger prikt als een speerpunt in de lucht. 'Jij, walgelijke kwal, jij moet je kop houden. Jij bent pas een echte *looser*! Jij dénkt wel dat je heel wat bent, maar je bent nog minder dan mijn voetzool. Jij, lafbek.'

Tony's gezicht wordt rood. Hij probeert het te verbergen door breeduit te grijnzen.

'Hoho,' roept de meester.

Maar Lola is door het dolle heen. Als een tornado wervelt ze de klas uit, naar de gang.

'Lola!' Pam is haar achterna gerend en smijt de deur van de klas dicht. 'Lola, wacht!'

Verderop in de gang schiet een deur open. Het hoofd van de school komt gehaast naar buiten. Meneer Andries loopt pal achter hem.

'O ja, hoor,' buldert meneer Vos. 'Natuurlijk Lola van Eden weer. Ik had het kunnen weten.'

De conciërge blijft halverwege de gang steken. Terwijl hij zich in de handen wrijft kijkt hij bijna genietend toe.

'Ga jij maar eens naar mijn kamer,' zegt het schoolhoofd tegen Lola. Zelf loopt hij met grote passen door naar haar klas.

'Nooit, never, nooit,' mompelt Lola. Ze rent naar de kapstok, grist haar jas en rent ermee naar de voordeur.

'Hé,' schreeuwt meneer Andries nog, 'hier blijven.' Met gestrekte armen rent hij achter Lola aan. Maar tegen de tijd dat hij de dichtgesmeten schooldeur heeft opengemaakt, is Lola al weggevlucht.

Pamela's geroep is het laatste wat ze hoort.

Niels luistert. Hij begrijpt haar woede en onmacht en zet een kop gloeiend hete thee voor haar neer.

'Praat maar,' zegt hij. 'Vertel alles maar.'

Lola legt haar handen om de warme mok. Ze bibbert van woede over haar hele lijf.

Dan begint ze te vertellen. Over Tony, wiens naam ze bijna niet meer kan uitspreken. Hoe hij haar belachelijk heeft gemaakt. Van die stomme tekening op het bord.

Niels luistert en wrijft af en toe over zijn stoppelbaardje.

'Wat een minkukel,' reageert hij tussendoor. 'Wat een gemene rotstreek.'

Als ze het hele verhaal heeft verteld, pakt hij haar bij een elleboog.

'Weet je wat jij gaat doen?' zegt hij. 'Lekker slapen.

Laat de rest maar aan mij over.'

Even later ligt Lola in bed. De deken over haar hoofd, de kat snorrend naast haar.

Niels heeft haar een half pilletje gegeven om rustig te worden. Nu kan ze even alles vergeten.

Niet meer denken aan school, aan Tony, Pamela.

Pamela...

Was alles maar weer zoals eerst. Kon ze maar even haar hart uitstorten bij Pam. Even samen alle problemen weglachen.

Wacht even! Dat klopt niet. Pam is juist degene die haar zoveel verdriet heeft bezorgd. Hoe kan dat nou? Een vriendin moet juist veilig zijn, als een zacht kussen waarop je je hoofd legt. Kon ze nou maar even praten met haar hartsvriendin.

Het is één grote warboel in haar hoofd.

Misschien komt het door het pilletje. Ze kan nu zelfs niet meer goed nadenken.

Hoe kan ze Pam nou zo missen als juist Pam haar zo bedrogen heeft?

Pamela, hartsvriendin, kreng...

Het monster

Hoe lang ze die dag heeft geslapen? Tot ver in de volgende morgen. Als ze wakker schrikt, ziet ze op de wekker dat het al elf uur is.

Haar maag knort. Een honger dat ze heeft!

Lola laat een dikke trui over haar pyjama glijden en rent de trap af. Het is doodstil in huis. De andere kinderen zijn al lang en breed naar school.

Op de keukentafel staat een bordje met vier belegde boterhammen. Er zit een plastic folie overheen. Naast het bord staat een thermoskan met thee. Niels heeft er een briefje bij gelegd.

'Lieve Lola, goeiemorgen,' leest ze. *'Lekker geslapen? Je sliep daarnet nog zo diep. Ik ben nu even naar je school. Heb gisteren een gesprek aangevraagd. Ben over een uurtje wel weer terug. Tot zo, Niels.'*

Ze peutert het plakkende plastic van de boterhammen. Misschien moet ze nu weer van school veranderen. Maar dit keer was het niet eens haar schuld.

Ze zet haar tanden in de boterham. Lekker, smeerkaas met ketchup.

Vandaag gaat ze in elk geval niet meer naar school. En morgen ook niet. Ze bekijken het maar.

Bij de derde boterham haalt ze onverschillig haar schouders op. Kan zij het helpen? Zij heeft niets fout gedaan. Ze kunnen de boom in, allemaal. Desnoods gaat ze nooit meer in haar leven naar school.

Bij de vierde boterham stapt Niels de keuken binnen.

'Zo,' zegt hij. 'Daar ben ik weer.'

'Wat zeiden ze?' wil Lola weten.

'O,' zegt Niels glimlachend, 'het is een puinhoop op school.' Hij loopt naar het aanrecht om koffie te zetten.

'Het hoofd van de school... hoe heet die zuurpruim... o ja, meneer Vos. Die zegt dat hij de zaak tot de bodem zal uitzoeken. Nou, hij gaat z'n gang maar. Intussen blijf jij lekker een paar dagen thuis, heb ik op school gezegd.'

'Goed zo,' bromt Lola met haar tanden in de boterham. 'Ik ga gewoon nooit meer terug. Nooit meer.'

Vrij! denkt ze. Lola trekt haar laarzen aan en loopt het bos in, achter De Uitwijk. In haar armen draagt ze Rebèl, die zich met zijn nageltjes goed vasthoudt aan haar jack.

'We gaan naar De Ouwe,' zegt Lola tegen de kat. 'Dan kun jij je moeder weer eens zien.'

Ze is vaker bij De Ouwe op bezoek geweest. Hij woont helemaal alleen in een oud huis waar allerlei dierenkoppen aan de muur hangen. Zijn kamer staat vol met opgezette dieren.

De Ouwe was vroeger leraar biologie, maar de kinderen van zijn school hebben hem weggepest. Toen ze dat verhaal voor het eerst hoorde, kon ze dat niet geloven. Dat kinderen een volwassen man kunnen wegtreiteren... Maar nu ineens begrijpt ze het wél.

Lola's kat is het jong van een van zijn poezen. Ze heeft Rebèl gevonden toen het kleine katje in het bos zwierf.

Het huis van De Ouwe is nauwelijks te zien door alle struiken en bomen die eromheen staan.

Lola loopt om het huis heen en kijkt door het keukenraam.

Ja! Hij is thuis. De oude man staat voorover gebogen en roert in een pannetje.

Lola tikt op het raam en houdt Rebèl omhoog.

De oude man strijkt zijn lange grijze haar dat slordig om zijn hoofd hangt opzij en zwaait als hij haar ziet.

'Zo, meissie,' zegt hij als hij de deur heeft opengedaan. 'Kwam jij de eenzame, oude man weer eens opzoeken? Moet je niet naar school?'

Lola zet Rebèl op de grond.

'Hij komt zijn moeder gedag zeggen.'

De rode kater loopt zelfverzekerd de gang in.

'Zou ze hem nog kennen?' vraagt Lola.

'We zullen zien,' antwoordt De Ouwe. 'Moeders vergeten hun kinderen niet zo snel, denk ik. Maar het is wel al lang geleden.'

De deur naar de kamer staat open. Op de bank liggen twee poezen te slapen. De Ouwe komt naast Lola staan.

'Die is het. Dat is de moeder.' Hij wijst naar de kat die haar ogen opendoet en zich geeuwend uitrekt.

Als Rebèl nietsvermoedend langs de bank loopt, is de moederpoes ineens klaarwakker. Ze volgt de jonge kater met haar ogen en springt dan van de bank.

Rebèl schrikt van de plof naast zich. Meteen zet hij een hoge rug op en begint te blazen. De moederpoes deinst terug.

'Rebèl kent haar niet meer,' zegt Lola.

'Laat ze maar even aan elkaar wennen,' zegt de Ouwe. 'Wil je een kop chocola?'

'Ja, lekker.' Lola loopt door de kamer. Het skelet in de hoek kent ze al. Ze pakt de hand en rammelt de botjes door elkaar. 'Dag mevrouw,' zegt ze. Ze draait zich om naar de man. 'Hebt u nog nieuwe opgezette dieren?'

'Nee, maar ik heb er een nieuw vriendje bij.' De oude biologieleraar lacht geheimzinnig. Hij wenkt haar. 'Daar, een spin. Een echte!'

'Getver,' griezelt Lola. 'Een levende?'

Daar zit het monster, in een grote glazen bak. Lola komt langzaam dichterbij. Het dier loopt traag over de bodem. Zijn dikke lijf en poten zijn zwaar behaard.

'Wat een joekel! Is-ie gevaarlijk?' wil Lola weten. 'Get, je zal zoiets in je bed vinden.'

De man schudt lachend zijn hoofd. 'Hij doet niks. Wil je hem vasthouden?'

'Vasthouden?! Ik kijk wel uit.' Bij de gedachte alleen al doet Lola een stap achteruit.

De Ouwe schuift voorzichtig de glazen deksel van de bak.

'Ik haal hem elke dag een poosje uit zijn bak,' vertelt hij. 'En dan neem ik hem op schoot. Dat vindt-ie fijn.'

Hij steekt zijn hand in de bak en pakt de spin.

Lola griezelt, maar kijkt vol bewondering naar de man.

'Is dat niet eng?' vraagt ze.

'Eng?' herhaalt De Ouwe. 'Dieren zijn niet eng. Als je ze een beetje bestudeert, dan weet je precies wat je aan ze hebt. Mensen zijn veel griezeliger. Die zijn pas echt onberekenbaar. Denk je dat je ze kunt vertrouwen, belazeren ze je waar je bij staat.'

Lola kijkt naar het gezicht van de oude man. Is hij ook bedrogen door zijn vrienden? Waarom begint hij daar net nu over? Het lijkt waarachtig wel of hij heeft geraden waar ze mee zit.

Zijn alle mensen dan zo onbetrouwbaar als Pam en Tony?

'Durf je?' vraagt de man aan Lola. 'Moet je eens voelen hoe zacht hij is.'

De spin lijkt inderdaad behoorlijk op z'n gemak. Zijn harige poten bewegen traag.

'Ik durf niet,' zegt Lola.

'Jij en niet durven?' De Ouwe lijkt echt verbaasd. 'Kom nou, volgens mij ben jij juist een harde. Je bent veel dapperder dan je zelf denkt. Kom op. Ga zitten. Hij doet niks.'

Ze gaat op de bank zitten en houdt haar handen op.

Heel behoedzaam wordt de spin in haar handen gezet. Daar zit ze, met het harige monster in haar handen. Hij beweegt nauwelijks. Na een tijdje durft ze hem zelfs te aaien.

'Zie je wel?' zegt De Ouwe. 'Je bent een echte durfal.'

Hij is nog nauwelijks uitgesproken of er gebeurt iets onverwachts.

Rebèl springt naast Lola op de bank. Van schrik springt de spin uit Lola's handen. Hij ploft neer op Lola's schoot en rent langs haar been naar de grond.

Het snelle bewegen van de pootjes, het enge gekriebel over haar been... Lola gilt van de schrik.

De kat is eerst verbaasd. Maar als hij ziet dat het bewegende geval een echte spin is, duikt hij eropaf.

'Rebèl! schreeuwt Lola en ze trekt haar benen hoog op.

'Waar is-ie nou?' Ze staat inmiddels boven op de bank.

Rebèl is nu op en top een roofdier. Hij rent achter de spin aan, die over het vloerkleed racet.

De moederpoes heeft de spin ook gezien. Maar voor zij de aanval inzet, zit de spin al in de gordijnen.

'Wacht!' In zijn pogingen om de spin te redden loopt De Ouwe een stoel omver. Door de vallende stoel zijn de katten even afgeleid. Van schrik vluchten ze naar de gang.

De spin loopt nu als een zwarte vlek over het behang in de richting van het skelet. De oude man heeft alleen nog maar oog voor zijn harige vriend. Hij strekt zijn hand uit naar het harige monster... Mis! Hij grijpt en grijpt nog eens.

'Hebbes,' juicht hij.

Hij merkt het niet, maar zijn jasje blijft achter het skelet haken. De hand van het skelet glijdt als die van een zakkenroller in de zak van zijn colbertje. Tegelijkertijd

gaat het skelet met een heleboel gekletter tegen de vlak-
te. De man schenkt er geen aandacht aan. Hij stapt doodleuk over het gesneuvelde skelet heen en zet de spin
terug in de bak.

'Zit-ie er echt weer in?' vraagt Lola. Eindelijk durft ze
weer van de bank te komen.

De Ouwe knikt tevreden. Dan pas ziet hij het skelet
dat als een slordige verzameling botjes op de grond ligt.

'Zet jij die magere kerel even rechtop?' vraagt hij aan
Lola. 'Dan ga ik warme chocolademelk maken.'

'Ik vond het eerst doodeng,' vertelt Lola 's avonds tij-
dens het avondeten. 'Ik was bang dat hij zou bijten.'

'Heb je hem écht vastgehouden?' willen de anderen
weten. 'Een echte spin?'

'Ja,' antwoordt Lola. 'Heel even. Zó groot was hij. Hij
was eigenlijk heel zacht. Hij bleef gewoon op m'n hand
zitten.' Ze zucht tevreden onder de bewonderende blikken.

'Dit wil ik elke dag wel,' zegt ze. 'Nooit meer naar
school en lekker elke dag iets leuks doen.'

'Ja, dat zou ik ook wel willen,' zegt Niels als hij de
schotel met patat op tafel zet. 'Maar het leven bestaat
helaas niet alleen uit leuke dingen.'

'Wat doen we morgen?' wil Lola weten.

'Morgen?' Niels moet even nadenken. 'Wat dacht je
van boodschappen doen en stofzuigen?'

'Hoeft Lola niet meer naar school?' vraagt een van de
andere kinderen. 'Dan ga ik ook niet meer.'

Lola schudt heftig haar hoofd. 'Nee, naar die rotschool
ga ik nooit meer.'

'Ho ho,' zegt Niels, 'je moet nooit nooit zeggen.'

'Nee, hoor,' houdt Lola vol. 'Nooit meer.'

Hardnekkig houdt ze het vol. Ook de volgende dagen.
Nooit meer naar school!

Tót dat telefoontje van Ruud op zondagavond.

Zijn stem klinkt opgewonden en hees.

'Lola, je moet echt terugkomen,' begint hij. 'Er is zoiets raars aan de hand op school.'

'Wat dan?'

'Er is een mevrouw op school en ze stelt iedereen vragen.'

'Waarover?'

'Over de meester.'

'Waarom?'

'Om die gekke tekening op het bord. Tony heeft tegen meneer Vos gezegd dat hij de meester en jou samen heeft gezien in de auto. En dat de meester jou heeft gezoend. Wat een zak, hè?'

'Gezoend?' herhaalt Lola fluisterend. Ze krijgt kippenvel over haar hele lichaam. 'Hij is gek!'

'Natuurlijk is hij geschift. Hoe komt hij erbij?!'

'De meester heeft me alleen maar een keer naar huis gebracht! Toen ik een lekke band had. Ik baalde omdat Pam aan Tony had verteld waar ik woon. De meester troostte me alleen maar.'

Ruud herhaalt woord voor woord wat Lola zojuist heeft gezegd. Snoep luistert natuurlijk mee aan de andere kant.

'Nanda vertelde dat Pamela's moeder ook op school is geweest. Nanda heeft haar afgeluisterd. Pams moeder zegt dat de meester van school moet.'

'Onze meester? Meester Jan?'

'Ja, hij...'

Ineens is daar de stem van Snoep. 'Lola, je moet maandag komen, hoor,' schettert hij door de telefoon. 'Het gaat echt niet goed op school. Het is een complete rel.'

Op de achtergrond hoort Lola dat Ruud protesteert tegen Snoeps tussenkomst.

Na wat gerommel over de lijn, neemt Ruud het weer over.

'Lo? Je moet de meester helpen. We moeten actie voeren. Kom je?'

Lola bijt op haar lip.

'Je komt, hè?' dringt Ruud aan. 'Snoep zegt ook dat –'

'Ja, ik kom,' onderbreekt Lola Ruuds gepleit. 'Maandag. Ik zal er zijn.'

Viezeriken

Het stukje brood en de plakjes kaas heeft ze heen en weer geschoven. Maar ze heeft er nauwelijks iets van gegeten. Dat komt door de knoop in haar maag.

Hoe zullen de kinderen in de klas reageren. Hoe zullen ze naar haar kijken? Spottend? Met medelijden? Misschien gaan ze wel lachen!

Ruud en Snoep zijn zo lief geweest haar op te halen.

De bel is al gegaan. Dat is maar goed ook, want nu hoeft ze geen vervelende vragen te beantwoorden en kan ze zo de klas in.

Meneer Vos staat bij de deuropening van de klas. Ze loopt langs hem zonder gedag te zeggen.

Het is doodeng om ineens weer terug te zijn in de klas. Ze kijkt recht voor zich uit om alle blikken te ontwijken.

Pamela zit er al. Ze ziet bleek, merkt Lola. Ze heeft een trillip en haar ogen zijn waterig. Net goed, denkt Lola.

Ze durft niet achterom te kijken of Tony er is.

Meneer Vos trekt de deur achter zich dicht.

Er wordt zacht gemompeld in de klas.

Pas als het volledig stil is, begint het schoolhoofd te praten.

111

'Jullie zullen wel gemerkt hebben,' begint hij, 'dat alles een beetje anders is dan normaal.'

Verbeeldt ze het zich nu of doet meneer Vos echt zijn best om niet haar richting op te kijken?

'Vandaag,' gaat meneer Vos verder, 'krijgen jullie van mij les. Meester Jan is ziek en daarom kon hij niet komen.'

Achter zich hoort Lola dat Tony luidruchtig zijn neus ophaalt.

Ruud steekt zijn vinger op. Hij durft!

'Meester,' doet hij zogenaamd onnozel. 'Wat heeft onze meester? Blijft hij lang weg?'

Meneer Vos fronst zijn wenkbrauwen. 'Dat eh... dat weet ik nog niet. Dat zullen we wel zien.'

Dan begint de les. Saai, vervelend en lang zijn de uren tot aan de pauze. En al die tijd wil de knoop in haar maag maar niet oplossen.

De bel voor de pauze brengt verlossing. Dan begint het pas.

Buiten op het schoolplein drommen ze als een grote klont samen.

'Meester Jan is van school gestuurd,' weet Nanda met grote zekerheid te vertellen. 'Misschien komt hij wel nooit meer terug.'

'Da's een ramp,' vindt Huib. 'Als wij tot het eind van het jaar meneer Vos houden...'

'Misschien is hij wel echt ziek,' zegt Christa zacht.

'Natuurlijk is hij ziek.' Ineens mengt Tony zich in het gesprek. 'Ouwe kerels die op jonge meisjes vallen, zijn echt ziek. Viezeriken zijn het. Die lui zijn ziek in hun hoofd.' Met zijn hand maakt hij een draaibeweging voor zijn voorhoofd en kijkt daarbij nadrukkelijk naar Lola.

Lola voelt het bloed uit haar gezicht wegtrekken. Dat was voor haar bedoeld! Haar blik flitst naar Pamela die meteen geschrokken haar gezicht afwendt.

Dus toch! Haar vriendin heeft dus wél haar diepste geheim verraden.

112

Het kristallen hartje om Pams nek flikkert alarmerend in het zonlicht.

Het liefst zou ze nu in de grond wegzakken. Weg van deze plek.

Zonder iets te zeggen, rent Lola de school in.

De enige veilige plek in school is de kelder. Met haar volle gewicht bonkt ze tegen de gesloten deur.

De sleutel! Die ligt op de richel erboven, herinnert ze zich.

Haar hand voelt en vindt de sleutel.

Pas als ze de kelder is binnengegaan en de deur van binnen op slot heeft gedraaid, hoort ze de opgewonden stemmen op de gang.

Het is akelig donker in de grote kelder. Alleen het lichtje boven aan de trap werpt een zwak schijnsel in de duisternis. Ze zakt neer op de kale vloer van de kelder.

Lola is niet gewend te huilen. De eerste tranen blijven dan ook hardnekkig in haar ogen steken. Niet huilen! Dat neemt ze zich voor. Stoere meiden huilen niet. Ze zal zich niet klein laten krijgen.

Niet janken! Wagenwijd spert ze haar ogen open en staart naar het kleine lichtbolletje boven haar hoofd. Nu lijkt het door de tranen net of ze door glas kijkt.

Glas... Het hartje van glas om de nek van Pam... Een teken van vriendschap was het. Zo'n verraad!

Nu worden de tranen van glas pas echte tranen. Ze komen bij stromen tegelijk. Dit verdriet gaat nooit meer voorbij.

Misselijk wordt ze ervan. Bijna net zo onpasselijk als toen, die avond toen het ook zo donker was...

De stemmen boven, achter de deur, vervagen...

Ze hoorde hem niet eens binnenkomen. Ze róók hem nog voor ze hem zag. Zijn adem stonk naar de drank. Hij liet zijn zware lichaam op de rand van haar bed zakken.

De drank had nooit een goede invloed op hem. Hij werd er huilerig van en hangerig. Ook dit keer. In het donker van haar kamer hield ze haar ogen wagenwijd open. Ze probeerde haar adem in te houden.

'Lola, slaap je?' Zijn hand kwam als een zware steen op haar maag terecht.

'Je hebt gedronken,' zei ze verwijtend.

'Nee echt, echt niet zoveel,' antwoordde hij. 'Waar is je moeder?'

'Ze werkt, dat weet je best.'

Hij gromde als een getergde beer. 'Lola, het wordt steeds erger.'

'Wat?' Ze probeerde te ontkomen aan de zware druk van zijn hand.

'Ik weet het allemaal niet meer.'

'Je moet gewoon gaan slapen, pa' zei ze. 'En niet meer drinken.'

Het drong niet tot hem door. Met een zware zucht ging hij naast haar liggen.

Met ingehouden adem probeerde ze centimeter voor centimeter opzij te schuiven. Zijn ademhaling klonk diep en schokkend.

'Mora,' mompelde hij de naam van haar moeder. Zijn hand gleed onder de dekens en kwam boven op haar buik terecht.

Lola verstijfde. In haar binnenste ging een alarm af dat zo verontrustend was, dat ze bijna moest hijgen. Zo ging het de vorige keer ook.

Ze worstelde zich los uit de greep. Als een slang in een zak kronkelde ze zich naar boven.

Op haar tenen vluchtte ze haar slaapkamer uit.

Haar vader merkte het niet eens. Hij sliep, luid snurkend.

Lola rilt. Gek is dat. Ze heeft er lang niet aan willen denken. Haar vader was gewoon ladderzat was geweest, zei haar moeder. Gewóón! Alsof dronken worden zo gewoon was.

Mora noemde hij haar! Dat is waar ook! Zou je echt zó dronken kunnen zijn dat je niet meer weet wat je doet?

Waarom kon hij niet zijn zoals de vader van Pamela. Die is alleen maar gezellig. Of zoals de meester. Bij hém voelt ze zich wel veilig. Hij is een van de weinige volwassenen die ze vertrouwt. En nu is ook hij verdwenen. Het is zó oneerlijk.

Langzaam keren de geluiden van buiten de kelder terug.

'Lola!' klinkt het boven haar hoofd. 'Lola, wat doe je daar? Doe de deur eens open.' Ze herkent de stem van meneer Vos.

Nóg zo'n engerd, denkt Lola. Die vent heeft de meester naar huis gestuurd. Als hij maar niet denkt dat ze tevoorschijn komt. Nooit, never, nooit.

Ze duwt haar vingers in haar oren en begint te neuriën. Ga weg, ik hoor je toch niet, denkt ze.

'Lola!' klinkt het toch nog hoorbaar.

Er wordt hard op de deur van de kelder geklopt.

'Lola, doe open!'

Was meester Jan er nu maar.

Lola veegt met een driftig gebaar de tranen van haar wangen. Dat is het! Ineens is het haar allemaal duidelijk. Meester Jan moet terugkomen. Nu!

Ze rent de trap op.

Met haar mond vlak bij de deur schreeuwt ze: 'Meester Jan moet komen. Ik blijf hier tot de meester terug is!'

'Dat doe je niet,' schreeuwt meneer Vos terug. 'Je komt er nu uit! Ik tel tot drie.'

'Nooit, never...' stampvoet Lola. Haar voet schopt een klein doosje van de trap. Het is een doosje lucifers.

Lucifers? Van het klassenfeest! Meester Jan was nog zo bang voor brand. De brandbare verfspullen in de kelder... Er komt een boos plan in haar op.

Als de boze stem van meneer Vos even zwijgt, haalt ze diep adem en balt haar vuisten.

115

'Meester Jan moet komen. Anders steek ik de kelder in de fik,' schreeuwt ze. 'Ik heb lucifers, hoor.'

Even is het doodstil achter de kelderdeur. Lola houdt haar adem in. Ze hebben het toch wel gehoord?

Dan gebeurt er iets heel bijzonders.

Een jongensstem, het is Ruud, weet Lola onmiddellijk, begint aarzelend te zingen. Bij de eerste zin, vallen er een paar kinderen in. En bij de tweede zin zingt heel groep 8. Kei- en keihard zingen ze uiteindelijk.

'Meester Jan gaat nooit verloren.
Knoop het in je oren.
Van achter en van voren.
Schrijf het op de ruiten.
Van binnen en van buiten.
Plak het op de muren.
Vertel het aan de buren.
Meester Jan gaat nooit verloren...'

Eindeloos wordt het lied herhaald. Steeds harder, steeds dwingender. De hele klas staat dus achter haar. Het is een regelrechte opstand. Aan het steeds harder wordende gezang zou je denken dat de hele school mee protesteert.

'Knoop het in je oren. Van achter en van voren.'

Eindelijk zakt het gezang af.

Lola drukt haar oor tegen de deur. Ze hoort gedempte stemmen. Dan, na een korte stilte, klinkt plotseling Ruuds stem.

'Lola,' fluistert hij, 'ben je daar?'

Als antwoord klopt Lola met haar knokkels op de deur.

'Ze gaan de meester halen.' Ruuds stem slaat bijna over van opwinding.

Wraak!

Het duurt nog zeker een uur. Maar straks komt de meester!

Lola is weer op de vloer van de kelder gaan zitten, tussen de verfspullen. Hier was het nog zo kort geleden zo gezellig met alle ballonnen en slingers. Hier is het eigenlijk allemaal begonnen. Toen was alles nog zo goed. Wat was het een fijne avond. De kus van Tony, toen ze hem nog zo leuk vond.

Tony! Lola balt haar vuisten. Het komt allemaal door die Tony, dat monster.

Monster? Maar zíj is niet bang voor monsters! Ze heeft zelfs een spin durven vastpakken. Tony durft ze zeker aan!

Ze zal hem eens goed de waarheid zeggen. Ze zal hem...

Lola's oog valt op een blik met muurverf.

Er klinkt geroezemoes op de gang boven. Ze hoort de donkere basstem van meneer Vos, maar ook een paar stemmen van de kinderen uit haar klas. Ze zijn er dus nog steeds.

Even later wordt er zacht aan de kelderdeur geklopt.

'Lola?' Het is meester Jan. 'Lola, ik ben het. Kom je eruit?'

Lola loopt de trap op. In haar ene hand houdt ze een emmer met verf. Met haar vrije hand draait ze de sleutel om.

Meteen zwaait de deur open.

Lola knippert met haar ogen.

'Nou, daar zijn we weer,' zegt de meester en hij geeft haar een knipoog.

Het liefst zou ze zo in zijn armen duiken. Maar dan ziet ze meneer Andries, die pal naast meester Jan staat. Hij heeft de brandspuit in de aanslag. Eigenlijk is het een belachelijk gezicht. Die slome conciërge die daar staat alsof hij de hele school wel even van de ondergang zal redden. Ze hebben dus écht gedacht dat ze de boel in de brand zou steken.

'*Meester Jan gaat nooit verloren. Knoop het in je oren,*' barst de hele klas los.

Alleen maar blije gezichten zijn er. Ruud en Snoep, Nanda, Christa, Daan, Pam... Zelfs Pamela staat uit volle borst te zingen. Lola's ogen zoeken Tony. Daar staat hij, een beetje opzij.

Hij zingt niet mee. Maar wel slaat hij met zijn vuist de maat op de muur. '*Plak het op de muren.*'

Nu! denkt Lola. In een paar stappen is ze bij Tony...

Pas veel te laat doet Tony een stap naar achteren.

Met een welgemikte beweging gooit ze inhoud van de emmer over Tony's hoofd.

'Kneus!' bijt ze hem toe.

Het is meteen afgelopen met het zingen.

De gele verf zakt als een dikke stroop over Tony's hoofd. Het druipt van zijn schouders recht naar beneden op zijn trui, van zijn trui naar zijn broek. Een paar klodders vallen tenslotte traag op zijn schoenen.

De kinderen om hem heen zijn van schrik opzij gesprongen. Maar nu barsten ze in lachen uit. Sommige kinderen beginnen te klappen. Ze wijzen lachend naar Tony, die er als een zoutpilaar bij staat. Het is een vreselijke afgang voor Tony. Hij lijkt nu verdacht veel op een clown met een puntje geel op zijn neus en een plakkaat verf op z'n hoofd.

Lola laat de bijna lege emmer met verf op de grond rollen.

'Ziezo,' zegt ze in zichzelf. Dat lucht op.

Als het geschreeuw en gelach een beetje verstomd is, kijkt ze achterom, naar de meester.

Die staat met de conciërge te praten en gebaart naar Tony. Meneer Andries knikt ernstig.

Hij neemt de druipende Tony mee naar buiten. Nu kan hij toch nog de brandspuit gebruiken. Midden op het schoolplein richt hij de ijskoude waterstraal op Tony.

Vanachter de ramen kijkt de hele school toe. Ze zien Tony veranderen in een lichtgeel, huilend en bibberend monster.

'Net goed,' fluistert Lola.

Zo'n rare schooldag hebben ze nog nooit gehad. Meester Jan zit nu zeker al een uur bij meneer Vos in zijn kamer. Er is ook een mevrouw bij. Dezelfde mevrouw die al eerder op school is geweest, volgens Ruud en Snoep.

In de gang is meneer Andries de gele voetsporen van Tony aan het wegpoetsen. Volgens Snoep foetert hij zo hard dat de verfspetters in het rond vliegen.

Tony is inmiddels door zijn vader opgehaald. Hij heeft zijn natte pak uit moeten doen. Daarna moest hij allemaal oude kleren aantrekken, die op school zijn blijven liggen.

'Dát moet pas erg voor hem geweest zijn,' zegt Ruud. 'Dat Tony van zijn vader een draai om z'n oren kreeg, nog voordat hij iets kon zeggen.'

'Je zal maar zo'n vader hebben,' mompelt Ruud.

Nu zit heel groep 8 in de klas. Ze zitten druk te praten. Sommigen kijken fluisterend Lola's kant op.

Alleen Pam is nergens te bekennen.

Lola zit op haar tafeltje en laat haar benen bungelen.

'Het komt nu vast wel weer goed met de meester,' zegt Ruud. 'We vertellen gewoon alles wat we weten.'

'Waar is Pam?' wil Lola weten.

Snoep kijkt om zich heen. 'Op de wc misschien?'

Lola springt op de grond en loopt de klas uit.

De andere groepen zijn alweer aan de les begonnen. Ze loopt door de gang, naar de toiletten.

Lang hoeft ze niet naar Pamela te zoeken. Er zit maar één deur op slot. Als Lola onder de deur door kijkt, herkent ze de schoenen van Pam. Ze besluit te wachten tot Pam klaar is.

Het duurt een hele tijd.

Lola kijkt intussen naar zichzelf in de spiegel. Wat ziet ze eruit! Er zitten allemaal zwarte huilstrepen op haar gezicht. Met een natte vinger probeert ze de vegen weg te poetsen.

Waar blijft Pam nou?

'Pam!' zegt Lola hard. 'Kom tevoorschijn.'

Aan het geschuifel in de wc hoort ze dat Pamela haar wel degelijk heeft verstaan.

Langzaam wordt het slot van de deur gedraaid.

De deur gaat open. Daar staat ze. Pamela houdt haar ogen naar de grond gericht. Ze plukt verlegen aan het hartje om haar nek.

Nu weet Lola ineens ook niet wat ze moet zeggen.

Pas als Pam haar voorzichtig aankijkt, barst ze los. 'Lekkere vriendin ben jij! Je bent... je bent gewoon een

lelijke geheimendief, weet je dat? Jíj hebt Tony verteld waar ik woon en je hebt ook verteld dat mijn vader een viezerik is. Je bent een heks!'

Hoe meer ze praat, des te bozer ze wordt.

Pamela zwijgt in alle talen. De punten van haar schoenen wijzen naar elkaar. Ze staat erbij als een klein kind dat stout is geweest. En al die tijd draait ze het hartje van glas rond om haar vingers.

Lola doet een stap naar voren.

'En dát heb je ook niet meer nodig, kreng!' Lola doet een greep naar het kristallen hart en rukt het ragfijne kettinkje van Pamela's hals. Dan smijt ze het sieraad uit volle kracht op de grond. Het hartje komt met een felle tik op de stenen vloer van de wc terecht. Het zilveren kettinkje valt er als een lasso omheen.

Dan gebeurt iets raars. Pamela zakt als een lappenpop op de grond, haar rug tegen de deur van de wc. Ze begint onbedaarlijk te snikken.

Pams schouders gaan schokkend op en neer. Ze houdt haar handen voor haar gezicht en even lijkt het zelfs of ze geen adem kan halen.

Lola staat erbij en kijkt neer op het hoopje ellende dat eens haar beste vriendin was.

Even weet Lola niet wat ze moet doen. Weglopen en Pam voor oud vuil in de wc achterlaten? Dat is haar verdiende loon!

Of naast haar gaan zitten en meehuilen?

Dan begint Pamela eindelijk te praten.

'Het spijt me zo, Lola.' Ze is bijna onverstaanbaar tussen het gesnotter door. 'Het is allemaal mijn schuld.'

'Dus je geeft het toe?'

Ja, schokschoudert Pam. 'Ik wilde je eerst helpen. Echt waar. Tony bleef me steeds maar opbellen met zijn mobieltje. En hij wilde met me praten. Echt waar, hij bleef me maar achtervolgen met zijn telefoontjes. Hij wilde je een brief schrijven, zei hij. Maar toen zei jij...'

'Wat zei ik?'

'Jij zei dat het uit was met Tony. Maar toen had ik al gezegd waar je woont.'

'Heks! En je hebt ook gezegd waarom ik daar woon?'

Pamela laat haar hoofd in haar handen vallen. 'Hij bleef maar doorzeuren. Maar ik heb alleen maar gezegd dat je thuis problemen had. Echt waar. Hij zei dat hij het zielig voor je vond.'

Zielig? In gedachten ziet ze Pam en Tony dicht bij elkaar zitten. Ze praten over haar. Pam voelde zich natuurlijk belangrijk omdat ze zoveel van haar wist.

'Je bent zelf verliefd op hem, hè?'

Even kijkt Pamela op. 'Jij moest hem niet meer!'

'En je hebt met hem gezoend!'

'Niet waar. Nee, dat is echt niet waar,' antwoordt Pamela ineens strijdlustig.

'Maar je hoopte wel dat hij jou leuk vond, hè?' snauwt Lola.

Pamela's hoofd zakt weer naar beneden.

'Ja,' geeft ze aarzelend toe. 'Maar hij ziet mij helemaal niet zitten. Niemand ziet mij, als jij er bent. Jij bent nu eenmaal veel leuker.'

Ze is jaloers, weet Lola ineens met grote zekerheid. Waarom in vredesnaam? Zij jaloers op míj?

Langzaam begint haar woede af te brokkelen.

'Ik kon het niet uitstaan,' gaat Pamela verder. 'Overal waar jij bent, ben jij het middelpunt. Ruud en Snoep zijn gek op je, Tony... zelfs de meester...'

'O ja, en meneer Vos en meneer Andries en jouw moeder...' doet Lola bijterig. 'Ze zijn allemaal gek op me. Jouw moeder kan me niet uitstaan. Ja toch? Ze wil niet dat wij vriendinnen zijn, hè?' gaat Lola verder.

Pamela knikt aarzelend. 'Ze vond je inderdaad een beetje vreemd. Die tattoo op je buik... toen we kleren pasten had ze het gezien. Dat vond ze ordinair, zei ze.'

'Belde je me daarom niet terug?'

Pams gezicht wordt een groot vraagteken.

'Heb je gebeld? Wanneer dan?'

Lola weet genoeg. Haar moeder heeft niet eens verteld van haar telefoontje. Zij was natuurlijk geen goede vriendin voor haar keurige dochtertje. Ach, laat ze barsten allemaal.

Pamela begint opnieuw te snotteren. 'Het spijt me zo, Lo. Het was zo stom.'

'Wat was stom?'

'Ik heb mijn moeder alles verteld. Van je problemen thuis en zo. En ook wat er op school was gebeurd.'

'En wat zei ze toen?'

'Ze zei dat je vast een lastpak was, thuis. Nou, toen moest ik wel vertellen dat... nou ja, dat van je vader en zo. Dat je daarom bent weggelopen. Dat het niet jouw schuld was. En toen is ze naar school gegaan. En ik heb nog zo gesmeekt dat ze dat niet zou doen. Maar ze wilde niet luisteren.'

'Waarom?'

'Omdat ze zich altijd overal mee moet bemoeien. Daarom!'

'Ze moet haar mond houden,' gromt Lola. 'Wat weet zij er nou van?'

Dan zegt ze iets waarmee ze Pamela echt pijn doet.

'Je bent al net zo als je moeder. Jij kunt ook je mond niet houden. Net als je moeder.'

Met haar voet geeft Lola een schop tegen het hartje dat tussen hen in op de grond ligt. 'Ik dacht dat we vrienden waren!'

Lola draait zich met een ruk om.

'Lola, wacht!' Pamela staat gehaast op van de wc-vloer. 'Ik wil... ik wil dat het weer goed komt. Het spijt me. Ik zal nooit meer kletsen. Nooit meer. Alsjeblieft, Lo.'

De smekende uitdrukking op haar gezicht, de uitgestrekte hand van Pam...

Het liefst zou ze nu die hand willen pakken. Zeggen dat alles wel weer goed komt. Maar dat kan niet. Pamela heeft haar verraden. Niet één keer, maar diverse keren.

Met een ruk trekt ze de deur van de wc open.

Tegelijkertijd staat ze oog in oog met meneer Vos.

'O, hier ben je,' zegt het hoofd van de school. 'Wil je even meekomen naar mijn kamer, Lola? Er is iemand die je wil spreken.'

Vals

De vrouw in het kantoortje van meneer Vos steekt haar hand uit en lacht geruststellend naar haar.

'Dus jij bent Lola,' zegt ze. 'Ik ben Lidy Mansveld.'

Ze is van de onderwijsinspectie, vertelt ze.

Lola schudt de hand en kijkt om zich heen. 'Waarom is meester Jan er niet bij?' vraagt ze achterdochtig.

'De meester is weer naar huis. Ik heb zojuist met hem gesproken, maar het lijkt me goed dat ik nu ook met jou praat,' zegt de mevrouw. 'Alleen,' voegt ze eraan toe met een blik op meneer Vos.

Het hoofd van de school begrijpt de boodschap. Hij loopt weg en trekt de deur zacht achter zich dicht.

Nu begint het, denkt Lola. Nou, mooi dat ze haar mond houdt.

Ze klemt haar lippen stevig op elkaar.

'Je hoeft niet bang te zijn,' zegt mevrouw Mansveld. 'Ga lekker even zitten. Je vertelt gewoon wat er is gebeurd. Dan komt het best in orde.'

Lola schudt haar hoofd. 'Ik heb niets te vertellen.'

Lidy Mansveld doet net of ze het niet heeft gehoord. 'Waarom wilde je dat de meester erbij kwam?'

'Omdat hij de enige is die ik echt aardig vind,' antwoordt Lola snibbig. 'De rest is vals.'

'De meester vindt jou ook een leuke meid, zei hij.' Lidy Mansveld glimlacht.

'Waarom noemt hij je wel eens een rebèl, denk je?'

'Omdat...' Lola houdt geschrokken haar mond.

Ineens begrijpt ze de truc. Dat valse mens probeert haar in een val te lokken en de meester erbij! Ineens begrijpt ze het. Dat mens weet van de tattoo op haar buik! Woedend kijkt ze naar de mevrouw in het keurige mantelpakje. Bijna was ze erin getuind.

Ze plaatst haar handen in haar zij.

'Hoe weet u dat?' Ze knalt het eruit. 'Dat heeft de moeder van Pamela verteld, hè? Die heeft dit gezien.' Ze trekt haar truitje omhoog en laat het inmiddels vervaagde woord op haar buik zien. 'En mevrouw Bartels dacht natuurlijk dat de meester een ouwe viezerik is, die naar mijn buik zit te gluren,' raast ze verder. 'Nou dat is-ie helemaal niet! De meester heeft niets gedaan. Helemaal niets! Hij is juist hartstikke aardig!' De vrouw tegenover haar knippert met haar ogen en bijt op haar lip.

'Goed,' zegt ze dan. Nadenkend veegt ze met haar handen over het tafelkleedje voor zich.

'Je bent veel slimmer dan ik dacht. Ga zitten alsjeblieft en vertel me gewoon alles zoals het volgens jou is. Geloof me, ik wil het beste voor jou.'

Dan begint Lola te vertellen. De woorden komen als een waterval naar buiten.

Ze vertelt van de dwaze inval om een tattoo op haar buik te laten maken. Dat de meester die per ongeluk heeft gezien toen hij haar van het dakje van de fietsenstalling tilde. Van de vriendschap met Pam en van haar moeder die haar als vriendin niet goed genoeg vond. Alles vertelt ze. Over de verliefdheid van Tony, het verraad van Pam, het troosten van de meester, de ruzie met

Tony en zijn smerige tekening.

Al die tijd luistert de vrouw tegenover haar aandachtig. Soms knikt ze bemoedigend, soms schudt ze haar hoofd of stelt een vraag.

Lola ziet het aan haar ogen. Ze gelooft me!

Het hele verhaal is er nu uit. Lidy Mansveld laat haar handen over de tafel glijden. Haar vingers vegen troostend over Lola's handen.

'Kindje, wat heb jij een ellendige tijd gehad.'

Achterdochtig trekt Lola haar handen terug. 'Gelooft u nou dat de meester niets fout heeft gedaan?'

'Voor honderd procent,' antwoordt mevrouw Mansveld. 'Ik vind het vreselijk dat zo'n goede meester zo zwart is gemaakt. Mensen roddelen graag. Dat weet ik wel. Maar nog veel erger vind ik wat jij allemaal hebt moeten doorstaan.'

'En nu?' wil Lola weten. 'Wat gebeurt er met meester Jan?'

'Niets. Ik zal iedereen duidelijk maken dat het een groot misverstand was. Meester Jan blijft gewoon jullie meester. En jij...'

'Ik red me wel,' vult Lola voor haar in.

'Dat geloof ik ook.' Lidy Mansveld slaat haar arm om Lola. 'Je bent een dapper meisje, Lola. Je bent een echte vechter.'

Bijna is Lola bij de deur als ze vraagt: 'En hoe gaat het nu met jou en Pamela?'

Lola denkt even na. Dan haalt ze onverschillig haar schouders op. 'Pam kan de pot op. Vrienden genoeg.'

Mevrouw Mansveld schudt haar hoofd. 'Vrienden heb je nooit te veel. Denk daar toch maar eens over na.'

Als Lola terug in de klas komt, kijken ze allemaal naar haar.

Pamela is er niet, ziet Lola in één oogopslag. Zou ze naar huis zijn gegaan?

Meneer Vos staat voor het bord. Hij doet erg zijn best

om alles normaal te laten lijken.

Als ze langs hem loopt, werpt Lola hem een vernietigende blik toe.

Eenmaal op haar plaats, kijkt Lola achterom, naar Ruud.

En? Hoe ging het? seint Ruud met opgetrokken wenkbrauwen.

Als antwoord steekt ze haar duim op en knikt geruststellend.

Meteen gaat Ruuds vinger omhoog.

'Meneer Vos,' begint hij. 'Wanneer komt onze eigen meester weer terug?'

Het schoolhoofd trekt een zakdoek uit zijn zak en begint uitgebreid te toeteren.

'Eh... dat zien we nog wel,' antwoordt hij. 'Vanavond hebben we een vergadering van het schoolbestuur. Maar dat zijn zaken waar jullie niets mee te maken hebben.'

'Ja, hallo hé,' zegt Ruud verontwaardigd. 'Het is verdorie ónze meester!'

Zijn opmerking zorgt voor groot tumult in de klas.

'Natuurlijk komt hij terug,' schreeuwt Lola over het lawaai heen. 'Die mevrouw zei het zelf.'

'We zullen zien,' zegt meneer Vos.

Na schooltijd lijkt niemand van plan te zijn om naar huis te gaan. Nieuwsgierig drommen ze om haar heen. Tientallen vragen krijgt ze op zich afgevuurd.

'Wat was er nou precies? Wat moest die mevrouw? Waarom was je nou zo boos op Tony... Waarom had hij die tekening op het bord gemaakt?

Grappig is dat. Nu ineens kan ze zomaar vertellen wat ze eerst zo krampachtig voor zichzelf wilde houden. Het komt door de eerlijke vragen, maar meer nog door de meelevende gezichten om haar heen. En het fijne is, ze geloven haar allemaal. Niemand die stiekem lacht of een raar gezicht trekt.

Ze hebben gelijk, denkt Lola. De meester en Niels zeiden het al. Het helpt écht als je praat.

Alleen haar grootste geheim, dat van thuis, blijft een geheim.

'Je hoeft niet álles te vertellen,' heeft Niels een keer gezegd. 'Iedereen mag in z'n hart een klein plekje hebben waar niemand anders mag komen.'

'Weet je wat? Het is tijd voor een actieplan,' vindt Ruud tenslotte.

Daar zijn ze het allemaal mee eens.

'Vanavond, als het schoolbestuur vergadert, moeten we allemaal naar school komen.'

'En dan?' vraagt Nanda.

Vreemdgenoeg is het Stefan die als eerste het idee steunt. Nu Tony er niet bij is, is hij omgekeerd als een blad aan de boom.

'Protesteren! Desnoods met spandoeken,' roept hij uit.

Lola kan nog niet geloven dat de vriend van Tony ineens aan hun kant staat.

'Hoor hem,' zegt ze hard genoeg zodat hij het kan horen.

Stefan krijgt een kleur en kijkt beschaamd een andere kant op.

Huib en Daan zien het helemaal zitten. Oude lakens hebben ze nodig en verf.

'Nou, Lola weet wel waar de verf staat,' merkt Snoep droogjes op.

De zoen

Om halfacht precies, volgens afspraak, staan ze die avond allemaal voor de ingang van de school. Nou ja, bijna allemaal. Waar blijven Ruud en Snoep nou toch?

Het is koud op het plein. Er waait een gemeen gure wind.

Lola trekt de sjaal omhoog tot ver over haar oren.

De conciërge heeft de lichten in de kamer van meneer Vos aangedaan en is bezig met koffiezetten. Daarbinnen is het wel warm.

Op het schoolplein heerst een opgewonden stemming.

Huib en Daan hebben 's middags samen met Ruud, Snoep en Nanda drie spandoeken gemaakt.

'M'n moeder was woedend,' grinnikt Daan. 'We hadden per ongeluk twee níéuwe lakens gebruikt. Wist ik veel...'

'Meester Jan van school... dan wij ook,' staat op een van de doeken te lezen.

Christa kijkt ernaar met een kritische blik. 'Dat rijmt

toch helemaal niet?' zegt ze.

'Wat maakt dat nou uit,' vindt Nanda. Samen met Huib houdt ze de slagzin alvast strijdlustig in de lucht.

Eindelijk. Daar zijn Ruud en Snoep. Ze gooien hun fietsen in de heg.

'Sorry. Bijna te laat,' hijgt Ruud. 'Snoep kon z'n fiets-sleuteltje weer eens niet vinden.'

Lola schiet in de lach. 'Voor ons hoef je geen smoes te bedenken, hoor.' Ze draait haar rug naar de wind. Brr, wat is het een snertweer.

'Heb je het koud? Je ziet zo bleek.' Ruuds adem maakte witte wolkjes in de lucht. Zonder haar antwoord af te wachten pakt hij Lola beet bij haar schouders. Met zijn handen begint hij haar bovenarmen warm te wrijven.

Ze gaat er helemaal van tintelen.

Dan ritst hij zijn jas open en trekt haar naar zich toe, zijn armen om haar heen geslagen.

Het is heerlijk warm zo dicht tegen hem aan. Ze voelt zijn hart kloppen. Dat komt natuurlijk van het harde fietsen.

Zo blijven ze een tijdje staan.

Wat ruikt hij lekker! Naar frisse buitenlucht en verse rode appels. Lola sluit haar ogen en haalt diep adem.

Dit is fijn, zo veilig in Ruuds jas. Het is net of de tijd even stilstaat.

'Daar zijn ze!' roept iemand.

Lola maakt zich los uit Ruuds omhelzing.

Ineens, zómaar, geeft Ruud haar spontaan een zoen op haar wang. Meteen daarna, alsof hij er zelf van schrikt, laat hij haar weer los.

Snoep, op een afstandje, heeft het allemaal gevolgd. Hij lacht en kijkt dan zogenaamd onverschillig fluitend in het niets.

Komt het door de opwarming onder Ruuds jas of door zijn zoen?

Lola voelt zich helemaal gloeien. Daar vanbinnen,

daar wordt het heerlijk warm. Het is net of iemand een vuurtje in haar aangestoken heeft.

Ze volgt Ruud met haar ogen. Hij toont overdreven veel belangstelling voor de spandoeken.

'Daar zijn ze,' schreeuwt nog iemand.

Zodra de eerste bestuursleden hun auto's hebben geparkeerd, barsten ze los.

'Meester Jan gaat nooit verloren,' luidt de tekst op het tweede doek. Ruud en Snoep wapperen ermee vlak voor het gezicht van een meneer. 'Knoop het in je oren, van achter en van voren,' joelen ze.

Het derde laken wordt vastgehouden aan de ene kant door Lola, aan de andere kant door Stefan. *'Onze meester is een kanjer,'* hebben ze erop gekalkt. De leerlingen van groep 8 worden steeds fanatieker.

Dan, tot haar verbazing, ziet Lola ineens Pamela's moeder uit haar auto stappen. Zit zij ook in het bestuur? Daarom vraagt ze Pamela natuurlijk altijd zo uit over wat er op school gebeurt!

Mevrouw Bartels doet net of ze het protest niet ziet. Met opgeheven hoofd beent ze over het schoolplein in de richting van school.

Ineens kan Lola zich niet meer inhouden. Ze rent op de moeder van Pam af, Stefan met het spandoek achter zich aansleurend.

'Mevrouw Bartels...' begint ze.

Pams moeder kijkt op. Haar blik is ronduit vijandig als ze Lola ziet.

Voordat Lola iets kan zeggen, barst ze los. 'Wat heb jij tegen Pamela gezegd?'

'Ik?'

'Ja, jij. Pamela kwam vandaag helemaal overstuur thuis. De hele dag al zit ze op haar kamer. Ze zit te huilen en wil niet met me praten. Nooit meer, zegt ze.'

'Net goed,' flapt Lola eruit. 'U hebt het allemaal alleen maar erger gemaakt.'

Mevrouw Bartels loopt verder. 'We zullen wel zien wie hier gelijk krijgt,' zegt ze vlak voordat ze naar binnen gaat.

'Ik,' schreeuwt Lola tegen de wind in. 'Weet u waarom? Omdat ik gelijk heb.'

De hele actie heeft niet meer dan tien minuten geduurd.

Binnen zitten de bestuursleden. Mevrouw Lidy Mansveld is er ook, heeft Lola gezien. Ze kwam als laatste. Het komt nu wel goed, gelooft Lola. Waarom gaf mevrouw Mansveld haar anders zo'n veelbetekenende knipoog?

Als ze thuiskomt, zit Niels voor de tv op haar te wachten.

'En?'

In een opwelling slaat ze haar armen om hem heen en geeft hem een kus op zijn ongeschoren wangen.

'Wat krijgen we nou?' vraagt Niels lachend. 'Wat heb jij ineens?'

'Niets,' glundert Lola geheimzinnig. 'Ik ben gewoon gelukkig. Je had gelijk. Praten helpt. Ik heb alles verteld aan de klas. Nou ja, bíjna alles.'

'En? Luchtte het op?'

'Als een oliebol!'

Ze laat Niels achter in de woonkamer, met de vraagtekens nog op zijn gezicht.

'Als een oliebol?!' herhaalt hij. 'Die begrijp ik niet.'

Ze loopt naar boven en laat zich op haar rug languit op bed vallen.

De kat springt meteen boven op haar. Met zijn ruwe tongetje likt hij over haar wang.

'Weet je wat, Rebèl,' fluistert Lola na een tijdje in zijn oor. 'Wat zou je ervan vinden als ik jou eens aan mijn broertjes liet zien?'

De kat beukt met zijn kop tegen haar kin.

'Ze vinden je vast net zo lief als ik,' mijmert Lola verder. 'Ze weten misschien niet eens dat je bij mij woont.'

Haar gedachten gaan terug naar huis.

Als ze nou eens ging praten. Eerst met haar moeder?

Nee, gewoon alleen maar haar broertjes zien. Kijken hoe het met hen gaat. Ze ziet hun gezichten al voor zich.

Als het waar is... Als haar vader nou echt niet meer drinkt... en als het hem nou echt spijt...

'Ik beloof nog niets, hoor,' praat Lola in het oor van haar kat verder. 'En als jij het niets vindt, dan moet je dat eerlijk zeggen.'

Lola sluit haar ogen. Ik kan vast wel ergens een kattenmandje lenen, bedenkt ze. Het is wel een eindje lopen.

'Morgen?' fluistert ze.

'Nee, morgen nog niet.' Langzaam streelt ze het vel van de poes. 'We zien wel. In het weekend misschien. Gewoon alleen maar even kijken.'

Het hart met de barst

Bij het eerste ochtendlicht is ze al wakker. Naar school!

Ze is als een van de eersten op het schoolplein. Daar ligt, in de heg vlak voor het raam van meneer Vos, nog een vergeten protestdoek.

'Weet jíj al wat?' Iedereen stelt elkaar dezelfde vraag.

'Ik heb de auto van de meester nog niet gezien,' meldt Snoep ongerust. 'Hij zal toch wel komen?'

'Natuurlijk komt hij,' antwoordt Ruud. Hij geeft Lola een knipoog. 'Anders gaan wíj gewoon ook weer naar huis.'

Het is raar, vindt Lola zelf, maar sinds die zoen ziet ze Ruud ineens met andere ogen.

Dat hij een supervriend is, dat had hij al lang bewezen. Maar nu heeft hij ook iets gedaan dat dieper gaat. Het warme gevoel van gisteravond is gebleven.

Het voelt heel anders aan dan met Tony. Geen zenuwachtigheid, alleen maar een diep snorrend tevreden gevoel. Vanmorgen vroeg, toen ze wakker werd, was het 't eerste waar ze aan dacht. Ruud... haar maatje!

Plotseling wordt haar aandacht getrokken door twee figuren die het schoolplein opfietsen. Tony en Pamela!

Lola volgt hen met haar ogen. Ze ziet dat Tony gehaast zijn fiets neerzet en meteen op Pamela afloopt.

Wat gek! Tony is naar de kapper geweest. Hij heeft nu een raar model stekeltjes en in zijn haren zie je de resten van de gele verf nog. Het is geen gezicht, vindt ze. Tony heeft ineens een heel klein hoofdje. Bij die brede schouders van zijn jack, staat het ontzettend gek.

Tony pakt Pamela bij haar schouder vast. Maar Pam schudt hem met een nijdige beweging van zich af. Aan haar gezicht ziet Lola dat ze een boze opmerking naar hem maakt.

Goed zo, Pam! wil Lola juichen. Geef hem maar een snauw!

Tony trekt zijn schouders op en roept haar iets na.

Pamela loopt met geïrriteerde passen naar het schoolgebouw. Daar blijft ze, vlak bij de deur, staan. Haar ogen zoeken het schoolplein af. Vrijwel onmiddellijk kruist haar blik die van Lola. Geschrokken wendt Pam haar ogen af.

Eigenlijk zou Lola nu blij moeten zijn. Haar ex-vriendin voelt zich vreselijk opgelaten.

Maar dat is vreemd. In plaats van triomf voelt Lola iets dat verdacht veel lijkt op medelijden.

Kijk Pam daar nu staan. Zo alleen. Er is niemand die zich om haar bekommert.

'Hé,' schreeuwt Snoep van een afstandje. 'Hé, daar is-ie!'

Als één man rennen ze op hem af. Meester Jan krijgt nauwelijks de kans het portier van zijn auto te openen.

'Meester, bent u weer terug?' vraagt Snoep als eerste.

De meester knikt en zijn gezicht straalt. 'Kom op, jongens. Binnen... binnen zal ik alles vertellen.'

Als een held halen ze hem in.

Nu zit ze naast Pamela, alsof alles weer normaal is.

Met open mond luisteren ze naar de meester. Gister-avond nog is meneer Vos bij hem thuis geweest. Het schoolbestuur wilde hem terug. Meteen!

'Het was allemaal een storm in een glas water,' zegt de meester. 'Maar het is niet voor niets dat het schoolbe-stuur er goed op let dat er geen rare dingen op school gebeuren. Daar zijn ze voor.'

'Bent u niet boos, meester?' wil Nanda weten. 'Het waren toch allemaal leugens?!' Ze kijkt achterom, naar Tony, die ineens luidruchtig zijn neus ophaalt.

'Natuurlijk was het niet waar.' De meester glimlacht. 'Wat wél waar is... ik hou van Lola. Maar ik hou ook van jou, van jou, van jou...' laat hij er in één adem op volgen. Zijn vinger wijst ieder kind in de klas aan. 'En van jou en jou... Ik hou van jullie allemaal, evenveel. En zo hoort het ook!'

Meester Jan is weer helemaal de oude.

'Ik wil jullie bedanken voor jullie steun,' zegt hij. 'Dat was fantastisch. Echt groep 8, zoals ik jullie ken. Dat was zó!' Zijn duim gaat de lucht in.

Dan begint de les en is alles ineens weer zoals vroeger.

Alles, behalve tussen Pamela en Lola.

De spanning tussen hen is te snijden, vindt Lola. Dat is heel vervelend want eigenlijk zou ze Pam nu in ver-trouwen willen nemen. Vertellen van de zoen van Ruud. Van het hoera-gevoel in haar binnenste. Maar dat kan niet. Ze hebben nog steeds oorlog.

In de pauze ziet ze dat Pamela als een verloren lam over het schoolplein dwaalt.

Dat is erg. Ze voelt het in haar hart.

Ineens kan ze het niet meer volhouden. Met vastbera-den stappen loopt ze naar Pam.

'Pam...' begint ze als ze voor haar staat.

Het lijkt wel of Pamela erop heeft gewacht.

'Wacht,' zegt ze. Pamela's hand verdwijnt in haar jaszak.

'Hier,' zegt ze. In haar handpalm ligt het hartje van kristal met het gebroken kettinkje. 'Alsjeblieft. Dit wil je natuurlijk terug hebben.'

'Waarom?' In een reflex houdt Lola haar hand op.

'Omdat ik een vals kreng ben geweest.'

Verbeeldt ze het zich of krijgt Pam echt tranen in haar ogen?

Pam laat het hartje in Lola's open hand rollen en draait zich met een ruk om.

Lola staart naar het hartje. Er zit een flinke barst in, ziet ze. Maar het glas twinkelt in het daglicht.

'Wacht!' In een paar tellen is ze weer bij Pam.

Maar Tony is haar voor. Hij frommelt aan zijn mobieltje.

'Pam,' zegt hij hard genoeg dat ook Lola het hoort. 'Vanmiddag kom je toch ook, hè? Ik trakteer.' Hij rommelt in zijn broekzak, waar muntgeld rammelt.

Pamela werpt hem een woedende blik toe. 'Met jou?! Mooi niet, sukkel. Hoepel op alsjeblieft.'

'Ben je nou ineens boos?' Tony doet of hij stomverbaasd is. 'Daar heb ik eerlijk gezegd niks van gemerkt.' Met zijn lippen maakt hij zoenbewegingen.

Het staat ontzettend belachelijk, vindt Lola.

Pam vindt het blijkbaar ook.

'Doe nou maar niet of we hebben gezoend. Dat heb je tegen Lola gezegd, hè? Nou, ik zoen nog liever een... een...'

'Een varken,' vult Lola voor haar in.

Pam moet er bijna om lachen.

'Jíj bent gewoon jaloers,' kat Tony terug naar Lola.

'Ik zoen geen rare stekelvarkens,' snauwt Pam, 'en al helemaal geen rotjochies die... die...'

'Die zichzelf geweldig vinden, maar niks voorstellen.'

Lola gaat er steeds meer plezier in krijgen.

'Jij staat zeker elke morgen in de spiegel te kijken hoe fantastisch je bent.' Nu komt Pamela ook op dreef.

'Dan ben je vanmorgen zeker wel geschrokken?' vult Lola aan.

Pam lacht bijna hardop.

'Ach, tut,' scheldt Tony. En dan, nog nijdiger naar Pamela: 'Beugelbek.'

'Ga liever je haar wassen,' gaat Lola verder.

'En je nek,' zegt Pamela, 'want je stinkt naar motorolie.' Ongewild schiet Lola in de lach. Pam kijkt haar even verbaasd aan en verbijt ook een lach.

Hé, dat is leuk. Nu weet Tony ineens niets meer te antwoorden. Alsof hij zojuist een draai om zijn oren heeft gehad, druipt hij af.

'Opschepper!' roept Pam hem nog na.

Daar staan ze nu. Samen kijken ze Tony na, die ineens niemand meer heeft om mee te praten. Zelfs Stefan doet of hij zijn vriend niet ziet.

'Ziezo, daar zijn we vanaf,' zegt Lola.

'Mooi wel,' zegt Pam. Haar gezicht staat al wat vrolijker.

Wat nu? Daar staan ze, zij aan zij. Lola kijkt vanuit haar ooghoeken stiekem naar Pamela.

'Pam...'

'Lo...'

Hun woorden botsen tegen elkaar. Ze moeten erom lachen.

'Jij eerst,' zegt Lola.

Pamela haalt diep adem.

'Ik wou dat...'

'Ik ook.'

'Wat wou je?'

'Dat alles weer normaal was,' antwoordt Lola. 'Dat wil jij toch ook?'

Pamela's ogen beginnen te glinsteren. 'Ja.'

'Hier.' Lola vouwt haar hand open. Het hartje van kristal fonkelt op als een ster. 'Doe het maar weer om je nek.'

'Weet je het zeker?' vraagt Pam, terwijl ze het hartje aanpakt. Ze hapt bijna naar adem. 'Ben je niet meer boos op me?'

'Natuurlijk wel,' doet Lola zogenaamd boos. 'Jij bent een kreng. Maar je bent wel mijn vriendin. Toch?'

Pams gezicht spreekt boekdelen.

'Er zit nu wel een barst in,' zegt Lola ernstig. 'Je kunt het zelfs voelen. En je moet wel een nieuw kettinkje kopen. Vind je dat niet erg?'

Pam vouwt beide handen om het hart. 'Die barst geeft niks. Het is niet echt gebroken. Het is nog steeds een mooi hart. En jij bent nog steeds mijn beste vriendin.'

'Barst! Jíj bent mijn énige vriendin,' zegt Lola.

'Echt waar? Altijd vrienden?' vraagt Pamela bijna ongelovig.

Lola slaat haar arm om haar vriendin. 'Voor altijd vrienden, kreng.'

'Zo,' klinkt ineens de stem van Ruud achter de twee meisjes. 'Hebben jullie geen ruzie meer?'

'Ik zei het toch wel?' zegt Snoep die naast hem is komen staan. 'Ik snap niks meer van die meiden. Het ene moment krabben ze mekaar de ogen uit de kop en het volgende moment zijn ze weer vrienden.'

Ruud legt zijn hand op de arm van Lola en geeft er zacht een kneepje in. Ik ben blij voor je, betekent dat.

Haar hart maakt een sprongetje.

Daar is het weer. Als ze naar Ruud kijkt, krijgt ze weer datzelfde juichgevoel vanbinnen.

De jongens lopen weer door. Ruud geeft Snoep een plagerige stoot op zijn bovenarm.

Heel even nog kijkt Ruud om. Met zo'n speciale blik in zijn ogen.

Lola duwt haar nagels diep in de mouw van Pamela's jas. Ze voelt dat ze bloost.

'Wat?!' vraagt Pamela keihard.

141

'Ik moet je wat vertellen,' fluistert Lola in haar oor. 'Het is een geheim, dus je moet je mond houden.'

'Gekkie,' reageert Pamela met haar hoofd naar haar vriendin gebogen. 'Vooruit, vertel!'

Even later zitten ze samen op de rand van de zandbak.

Voor het eerst sinds tijden kan Lola weer lachen. Gewoon, onbezorgd fluisteren en lachen. Ze kan zich zelfs niet herinneren dat ze ooit zó gelukkig is geweest.